로크미디어가
유혹하는
재미있는 세상

ROK
MEDIA
로크미디어

바인더북

바인더북 26

2017년 4월 28일 초판 1쇄 인쇄
2017년 5월 8일 초판 1쇄 발행

지은이 산초
발행인 이종주

기획 팀 이기헌 송윤성 왕소현
책임 편집 이정규

발행처 (주)로크미디어
출판등록 2003년 3월 24일
주소 서울시 마포구 성암로 330 DMC첨단산업센터 3층 314호
Tel (02)3273-5135 **Fax** (02)3273-5134
홈페이지 rokmedia.com **E-mail** rokmedia@empas.com

ⓒ 산초, 2013

값 8,000원

ISBN 979-11-6048-926-2 (26권)
ISBN 978-89-257-3232-9 04810 (세트)

BiIIDER BOOK

바인더북

26

| 산초 퓨전 장편소설 |

c o n t e n t s

BITIDER
BOOK

다시 선양으로

우웅. 우우웅.

'아, 무지 시끄럽네.'

하필이면 비행기 날개 부분에 좌석이 배당되었다. 탑승하자마자 눈을 좀 붙이려던 담용은 귀가 먹먹해 이내 포기해 버렸다.

담용이 타고 있는 비행기 편명은 KE831, 즉 대한항공 소속이다. 참고로 아시아나항공은 OZ로 편명을 표기하고 있다.

오후 6시에 김포공항을 이륙한 비행기는 지금 선양을 향해 날아가고 있는 중이었다.

벌써 어둑해진 창밖은 비행 특유의 운치를 감상하기 어려울 정도로 컴컴해져 있었다.

귀청을 때리는 비행기 소음에다 바깥 풍경마저 최악인 상태.

더해서 좌석마저 이코노미석이라 공간이 협소해 담용은 발을 뻗지도 못하는 불편함도 감수해야 했다.

그나마 창가는 좌석이 두 개라서 다행인가?

가운데는 여덟 개나 된다. 그리고 반대쪽 좌석이 또 두 개다.

뭐, 갑작스러운 출장이라 좌석을 고를 만한 여유가 없었다지만 굳이 이럴 필요가 있나 싶은 심정인 담용이다.

다행히 비행시간이 그리 길지 않다는 점이 위안이 됐다.

기껏해야 1시간 30분만 참으면 되는 것이다.

'헐, 그새 조는 건가?'

비행기가 이륙하자마자 안전벨트를 풀더니 끄덕끄덕 졸기 시작하는 옆자리의 배불뚝이 중년 아저씨다.

딱 보니 중국인 같다. 얼굴이 동글동글한 걸로 보아 맞을 것이다.

이번 출장은 김창식 요원과 함께였다.

하지만 서로가 남인 듯 좌석이 뚝 떨어져 있다.

현지에 가서도 서로 볼일이 없는 사이로 지내야 하는 임무다.

이 말은 곧 김창식 요원이 지금의 담용을 모르고 있다는 뜻이었다.

즉, 담용은 김창식 요원을 알지만 정작 김창식 요원은 담용이 고등학생으로 변장한 것을 알지 못한다는 얘기다.

김창식 요원은 한중수교 때부터 중국을 오가서인지 제법 익숙한 티를 냈다.

직업은 중국 농산물 수입업자다.

담용은 알지 못했지만 그 경력이 제법 오래되어 실제로 지금은 베테랑이 됐다고 했다.

이런 면을 보면 국정원도 만만치 않다는 증거다.

김창식 요원이야 원래의 모습 그대로지만 담용은 또 변장을 한 상태였다.

적어도 본래의 나이보다 한참 어려 보이는 앳된(?) 모습으로 변장한 담용은 척 보기에도 순진하고 어리숙한 인상이었다.

차크라를 이용해 피부를 팽팽하게 편 덕이다.

나이는 대충 고등학생 정도?

당연히 이름도 바뀌어 있음은 불문가지다.

단 한 가지 조심할 것은, 말을 할 때 이빨을 드러내지 않아야 한다는 점이다.

즉, 이빨의 색깔은 제아무리 변장해도 속일 수 없었다. 나이가 들수록 자연히 노래지는 것이 이빨이기 때문이다.

어쨌든 좁은 이코노미석을 타고 가야 하는 이유도 그가 현재 학생으로 변장해 있기 때문이다.

드르렁. 드르르렁.

배불뚝이의 코 고는 소리까지 비행기 소음에 더해져 담용의 스트레스를 부채질했다.

'젠장, 가지가지 하는군.'

어쨌든 이래저래 자리가 불편했던 담용은 눈을 지그시 감고 김포공항을 떠나기 전에 있었던 일들을 다시 한 번 상기해 봤다.

곰곰이 생각해 볼 사안이 많았지만 시간에 쫓겨 지금이라도 되돌아봐야 할 일이어서다.

이번 선양 출장의 시작은 김창식 요원과 그를 최형만 차장이 급하게 찾은 데서 비롯되었다.

원래는 TF팀 회의가 끝난 뒤 중추회를 찾아 그들이 은닉해 놓은 자금을 드라공 루팡의 이름으로 쓱싹 해치워 버릴 계획이었지만, 최형만 차장의 호출로 인해 틀어져 버렸다.

김창식에게서 최 차장의 호출을 전달받고 사무실을 나선 담용이 애마를 몰고 국정원으로 향하던 중 다시 한 번 연락이 왔다.

-담당관님, 지금 어디십니까?

"잠실종합운동장 앞을 막 지나고 있어요."

-그럼 차를 적당한 장소에 주차해 놓으시고, 택시로 갈아

타십시오.

"예? 아니, 왜요?"

—미행자가 있을지 모른답니다.

"미, 미행요? 누가요?"

—저도 전달받은 것이라 거기에 대해서는 잘 모릅니다.

"아, 알았습니다."

거기까지 생각한 담용이 미간을 찌푸렸다.

미행이란 말을 들은 그 순간, 심장이 쩍 하고 금이 가는 기분이 들 정도로 놀랐었다.

그도 그럴 것이 대체 그 누가, 아니 자신이 누군지 알고 미행을 한단 말인가?

암호명 제로벡터.

무게가 실로 가볍지 않은 코드네임이다.

심지어 대한민국의 국가수반인 대통령조차도 모르고 있는 암호명인 것이다.

애마를 주차하고는 한가하게 이리저리 돌아다녔다.

그러다가 갑자기 숨었다가 뛰었다가 숨바꼭질을 하듯 재빨리 움직인 시간이 30분가량이었다.

이후 택시를 타고 목적지에 도착할 때까지 미행하는 기척을 발견하지 못했다.

'미행이라…….'

당장 급한 불부터 끄기 위해 출장을 가지만, 돌아와서는 반드시 손을 봐야 할 문제였다.

　또 하나 뇌리로 떠오르는 인물은 조동하 민정수석이었지만, 담용은 내심 입을 앙다물었다.

　'배후가 누구든 반드시 요절을 내 버리겠다.'

　꾸욱.

　위기의식만큼이나 주먹이 불끈 쥐어졌고, 내심은 진한 살기로 번들거렸다.

　돌아가는 판세로 보아 결정하겠지만, 아마도 첫 타깃은 민정수석일 가능성이 컸다.

　담용의 정체가 드러날 경우, 가족은 물론 주변의 지인들이 위험해질 것임이 분명했기에 손에 사정을 두지 않을 작정이었다.

　그러나 이미 사람을 죽인 바가 있는 담용이라 예전보다 담이 조금 더 커진 상태지만, 냉철함까지 잊은 것은 아니었기에 신중하게 처리할 것임을 내심 다짐했다.

　고로 마구잡이식이 아닌 옥석이 분명해야 한다는 점 역시 담용은 잘 알고 있었다.

　그러나 아직은 분명하지 않은 게 너무 많아 섣불리 판단하기보다는 유보해야 했다.

　'남에게서 듣고 판단하기보다 내가 직접 확인할 필요가 있어.'

사람을 죽여야 할지도 모르는 일이라 당연한 마음가짐이다.

　생각이 이어졌다.

　택시를 타고 최형만 차장을 만난 곳은 안가가 아닌 북한강이 내려다보이는 양평의 어느 한적한 카페였다.

　김창식 요원 대신 송수명이 함께 자리한, 세 사람만의 만남이었다.

　송수명은 지금 해외특작국 국장이다. 당연한 얘기지만 중국의 눈을 의식해 이름마저 바꾼 새로운 신분으로 변해 있었다.

　"선양으로 가 주게."

　대뜸 입에서 나온 말이 중국 동북 지방 출장이었다.

　그것도 둥베이 지방 랴오닝 성의 성도인 선양.

　다른 말로는 동북지방 요령성 성도인 심양이다.

　"선양요? 거긴 또 왜……?"

　선양은 심양을 말했고, 담용이 이미 송수명을 구출하기 위해 한번 다녀온 곳이었다.

　"족제비 한 마리를 잡아야 하네."

　"족제비요?"

　"북한 공작원 중에 무척 잔인한 놈이 하나 있는데, 그놈을 가리켜 부르는 호칭일세. 그놈 때문에 탈북자들이 무수히 희생되고 있는 상황일세."

탈북자들이 닭이고 북한 공작원이 족제비란 뜻.

"북한 공작원이 탈북자들을 노린다고요?"

"그러네. 족제비는 탈북자 체포조 두목인 셈이지."

"놈의 이름은요?"

"모르네. 인상착의만 확보했지. 그동안 놈을 처치하려고 애를 썼지만 쉽지가 않았네. 놈이 영리하기도 하지만 적지 않은 부하들을 데리고 있는 것도 그렇고, 또 공안들의 방해가 여간 심하지 않아서 말이야. 알다시피 지금은 우리 요원들이 몸을 움츠리고 있는 때가 아닌가?"

국정원 요원들이 활동을 제대로 할 수 없는 입장이라는 것은 송수명의 실종 때문이었다.

"지금은 어떤 상황입니까?"

"한인타운인 서탑가에 탈북자 서른두 명이 숨어 있는 상황이네."

"에? 서른두 명이나요?"

결코 적은 숫자가 아닌 말에 담용이 깜짝 놀랐다.

"여기저기 흩어져 있는 사람들을 모으다 보니 인원이 좀 많아졌다네."

"차라리 흩어져 있는 것이 더 안전하지 않습니까?"

"중국을 탈출하기 위해서는 어쩔 수 없는 선택이었네. 문제는 그들 중에 부상자도 있고 심지어 아이들도 있다네. 여아 여섯 명에 남자 아이 세 명이 포함되어 있네."

어린아이까지?

그야말로 난제였다.

"노출이 된 상탭니까?"

"애를 쓰고는 있지만 곧 그렇게 될 걸로 여겨지네. 요원들의 보고로는 공안들이 집집마다 수색할 것이라더군."

"꼬리가 잡혔군요."

"그런 셈이지."

"선양 어딥니까?"

"한인타운이 있는 서탑가네."

"공안과 북한 체포조의 합동작전이라면 벗어나기 쉽지 않을 것으로 보이는데요?"

"그래서 자네가 필요한 것일세."

"거기 가서 제가 할 일은요?"

"족제비와 체포조를 말살시키는 임무일세."

"탈북자들은요?"

"거기까지 생각할 필요는 없네. 놈들만 없애 버리면 경찰이나 공안은 거기에 정신이 팔려 더 이상 추적하지 않을 테니 말이네."

데리고 오는 것도 신경 쓸 필요가 없다는 얘기.

그 정도 임무라면 해 볼 만했다.

"알겠습니다. 근데 누가 저를 추적한다고요?"

"아, 그건 그럴 가능성이 농후해서 한 말이네."

"근거가 아주 없지 않다는 말로 들립니다만……."

"확실한 건 아니네만…… 민정수석 쪽인 것 같네."

"예? 저, 민정수석요? 하면 청와대?"

"아, 아, 대통령과는 관계없네."

"그럼?"

"CIA가 개입된 것 같네."

"혹시 제가 에스퍼라는 걸 눈치챘습니까?"

"거기까진 아니야. 원장님의 귀띔은, 애덤이 민정수석을 만났다고 하니 조심하는 게 좋을 것 같다더군."

"그래도 그럴 만한 이유가 있을 것 아닙니까?"

"자네가 민감하게 구는 것은 이해하네만 조사를 해 보니 조동하 민정수석이 랭글리의 해외공작부 부장인 슈먼과 예일대학 동창이더군. 아마 거기서 시작됐을 것으로 보네."

"그래서 민정수석을 움직여 확실히 파악해 보자는 심산이 군요."

"그런 셈이지. 민정수석이 나선 것은 금번 저들의 에스퍼가 실종된 것과 파이낸싱스타 임원들의 참사 때문인 걸로 알고 있네. 다만 조심해서 나쁠 것은 없다는 거지."

"민정수석이 저라는 존재를 알고 있습니까?"

"대통령이 말하지 않았다면 모를 걸세."

"말했다면 알 수도 있다는 이야기군요."

"……."

자신이 없다는 최형만의 표정이다.

'설마?'

일국의 최고 수반이 초능력자에 대해 입을 뗄 리가 없다는 것이 담용의 생각이었다.

최형만 차장의 눈빛도 그렇게 말하고 있는 듯했다.

그러나 확인은 필수.

"만약 대통령이 알고 있다면 저에 대해 어느 선까지 알고 있는 겁니까?"

"그냥 특채된 요원으로만 알고 있네. 뭐, 특이한 재주를 지닌 요원이랄까? 그 정도?"

"기억하지 못할 수도 있단 말입니까?"

"그럴 수도 있네. 할 일이 좀 많은 분이어야지."

"참, 송 국장님의 일로 중국 측에서 뭐라고 했습니까?"

"시간을 더 달라더군. 그래서 그러라고 했지."

이미 구해 왔으니 아쉬울 것 없다는 뜻이고, 당장 송환을 요구하기보다 치트 키를 계속 쥐고 있는 게 더 낫다는 의미.

"하면 제 임무는 족제비와 그 일당을 무력화시키면 끝이라는 거군요."

"그러네."

"그냥 가면 됩니까?"

"여기 적힌 대로 행동하면 되네. 다른 건 다 준비되어 있네."

　최형만 차장이 꼬깃꼬깃해진 봉투 하나를 내밀었다.

　임무를 부여하는 봉투치고는 조악했지만 내용이 중요했다.

"그리고 탈북자와 요원들의 피해도 적지 않지만 일반인들의 피해도 크다네."

"예? 일반인들이 왜? 놈들이 일반인들에게도 손을 대고 있단 말입니까?"

"글쎄. 그들을 일반인들로 구분해야 할지 어떨지 아직 구분이 모호하긴 하네만 분명한 사실이네."

　말투에 뭔가 석연찮은 것이 엿보였다.

　일반인인데 일반인이 아니다?

　어폐다.

"어떤 사람들인데요?"

"탈북자 단체와 그들과 연계된 법인체 사람들이네."

"그, 그게 무슨 말입니까?"

"탈북자들을 한국에 데려오기 위해 나선 사람들이 있다는 말일세. 그들 중에는 목사도 있고 신부도 있네. 또 기업가와 법인체 직원들도 더러 있지."

　차라리 각양각색의 사람들이 있다고 하는 게 이해하기 빠를 것 같다.

"어쩌다 연관된 건 아닌 것 같군요."

"그 일을 사명으로 하는 사람들이라고 보면 맞네."

'썩을…….'

일이 그리 호락호락하지 않을 것 같은 예감이 들었다.

어쨌거나 그들 역시 족제비와 그 일당을 처치해 버리면 안전하다는 얘기가 되니 일면 간단해 보이지만 외려 막중한 책임감이 온몸을 휩싸는 기분이다.

"저 혼자 갑니까?"

"김창식 요원이 같이 가겠지만 보조 요원 역할일 뿐이네. 어쩌면 일이 끝날 때까지 나타나지 않을 수도 있네."

담용 홀로 북 치고 장구 치고 해야 한다는 뜻.

'뭐야, 그게…….'

그럼 뭣 때문에 간단 말인가?

뭐, 필요하기에 가겠지만 서둘러 낯선 곳으로 가야 하는 담용으로서는 필요한 게 많아 도움이 절실했다.

"만약 필요한 게 있으면요?"

"그건 현지에 가면 알게 될 거네. 아, 김 요원이 자네를 몰라봐야 하네. 가능한가?"

"그야 가능하지만……."

변장이라면 쥐도 새도 모르게 할 수 있으니 어렵지 않은 일이긴 했다.

"김 요원의 구체적인 역할은 뭐죠?"

"자네가 곤경에 처했을 때를 대비하는 것일세."

곤경에 처하지 않으면 할 일 없이 귀국할 것이란 얘기다.

"알겠습니다. 출발은 언젭니까?"

"시간이 별로 없어. 미안하지만 출발은 빠르면 빠를수록 좋네."

"비행기 시간은요?"

"오후 6시네."

'젠장. 채 4시간도 안 남았네.'

"사진부터 찍어야 하겠네요."

"즉석카메라를 준비해 왔네."

"차장님이 직접 하시게요?"

조용히 듣고만 있던 송수명이 말했다.

"아는 사람이 적을수록 자네의 신변이 안전할 것 같아 내가 직접 처리하려고 왔네. 잠시만 시간을 내주면 되네."

"시일이 촉박한 것 같아 보이니 선양으로 직접 가죠. 이번에는 어떤 신분이 좋을 것 같습니까?"

"혹시 지금보다 대여섯 살 정도 어려 보이게 할 수 있는가?"

"가능합니다."

"그렇다면 더할 나위 없이 적당한 인물이 있네. 그렇게 되면 아무리 심한 검문도 무사통과일 걸세."

대체 어떤 인물이기에 큰소리 펑펑 칠까?

최형만이 말했다.

"워낙 다급해서 출장비를 많이 준비하지 못했네. 미안하이."

"그 문제는 됐습니다. 정 필요하면 현지에서 조달하면 되니까요."

"지금 준비했으면 좋겠군."

'젠장. 언제나 번갯불에 콩 볶아 먹는군.'

"그러죠 뭐."

담용의 생각은 그것으로 끝났다.

그 끝에 퍼뜩 떠오른 것은 부랴부랴 떠나오느라 동생들에게 연락도 하지 못하고 떠났다는 점이었다.

2000년 10월 17일 화요일.

선양 타오센 공항에 도착한 것은 오후 6시 30분경이었다.

1시간의 시차가 있으니 한국 시간으로는 오후 7시 30분이다.

입국 수속을 밟기 위해 줄을 서고 있던 담용은 공항 직원들이 눈을 날카롭게 번뜩이고 있음을 단박에 알아챌 수 있었다.

얼마 전에 있었단 떼죽음의 여파다.

'전부 공안들이군.'

사정을 알기에 대번에 알아볼 수 있는 그들의 정체다.

　뒤돌아 힐끗해 보니 다섯 사람 뒤에 서 있는 김창식 요원
은 태평한 모습이었다.

　담용의 차례가 코앞으로 다가왔다.

　그의 앞에는 우연인지 그의 옆자리에 탔던 배불뚝이 중년
사내가 인상을 벅벅 쓰며 기다리고 있었다.

　공항 직원 같지 않은 냄새를 풀풀 풍기는 젊은 사내가 배
불뚝이의 여권을 모니터로 살피며 대조하고 있었다.

　그런데 직원의 행동이 굼뜨다고 여겼는지 배불뚝이가 대
뜸 신경질을 부려 댔다.

　"이봐! 빨리빨리 좀 하라고! 난 여기 선양 사람이란 말이
다!"

　"조용히 하시오!"

　"어쭈구리! 인마, 내가 누군지 알아? 내 종형이 국가안전
부 국장이란 말이다! 의심할 사람을 의심해야 할 것 아냐?"

　단칼에 자르는 말투에도 불구하고 오히려 더 길길 날뛰며
배불뚝이가 입에 거품을 물었다.

　"이 양반이! 기다리라면 기다릴 것이지 뭔 말이 많소!"

　"뭐라? 네놈이 안전부 국장도 무시한단 말이지? 그래, 좋
다. 어디 혼 좀 나 봐라."

　배불뚝이가 대뜸 휴대폰을 들고는 잽싸게 번호를 눌렀다.

　"이봐요, 누가 무시를 했다는 거요?"

"기다려, 새꺄. 너 뒈졌어."

"아, 아, 잠시만요."

공항 직원 뒤에서 살벌한 눈초리로 승객들을 살피고 있던 공안이 얼른 다가와서는 배불뚝이의 휴대폰을 강제로 접고는 말했다.

척 봐도 직원으로 분해 있는 공안보다 상급자로 보였다.

"대규모의 살인 사건 때문에 비상인 걸린 상황입니다. 그러니 선생이 이해를 해 주시지요."

국가안전부 국장이 시촌 형이란 말이 배경이 됐는지 번들거리던 눈초리가 단번에 양순한 눈빛으로 변한 공안이다.

실제로 그런 배경 없이는 간 크게 그런 말을 할 수가 없는 정서다 보니 서둘러 진화에 나선 것이다.

진짜라면 골치 아픈 일이 벌어진다.

'꽌시'라는 서로의 관계를 중시하는 중국의 정서상 사촌 동생의 전화를 받은 국장이 가만히 있을 리가 없기 때문이었다.

사실 이런 불합리한 일이 실제로도 비일비재하게 일어나는 중국이라 한낱 공안의 하급 간부일 뿐인 그로서는 서둘러 진화에 나서는 것이 신상에 이로웠다.

아직은 소위 '빽'이란 것이 성한 시대라 어쩔 수 없다.

"그럼 내가 살인범이라도 된단 말이야?"

"그거야……."

배불뚝이의 신경질을 얼버무리던 공안이 직원에게 물었다.

"이봐, 이상 있어?"

"어, 없습니다."

"통과하십시오."

"씨불. 너희들 운 좋은 줄 알아!"

직원을 한차례 째려본 배불뚝이가 가드 판을 발로 세차게 차고 나가자 담용의 차례가 됐다.

대체로 중국인들은 일을 빨리 처리해 주지 않고 무조건 기다리게 하는 경향이 있다.

그러니까 이편을 지치게 만들어야 그들이 유리하다는 생각을 전통적으로 고수해 오고 있는 것이다.

그러다 보니 저렇듯 소위 '빽'이라는 것을 동원해 힘을 과시하려는 사람들이 만연해 있는 실정이었다.

스윽.

거드름을 피우는 것도 참 천박하다고 여긴 담용이 여권을 내밀었다.

"왕일랑?"

여권을 훑어본 직원이 담용의 가짜 여권에 기재된 이름을 읊고는 세모꼴의 눈으로 쳐다보며 이모저모를 살폈다.

이름만 보고 동포라 여겼는지 말투가 아예 반말이다.

게다가 한참 어린 아이가 아닌가?

"예."

직원이 옆에 선 공안을 힐끗 쳐다보고는 물었다.

"여권이 새 건데…… 처음 해외로 나온 건가?"

직인이 하나도 없었으니 맞는 말이다.

"예, 초, 초행입니다."

이제는 중국어도 제법 입에 익어 어눌한 맛이 덜한 담용이었지만 일부러 더듬댔다.

그걸 알았는지 다시 아래위를 살핀 직원이 물었다.

"교포?"

"예, 예, 할아버지 때에……."

"흠, 교포 3세란 말이지. 방문한 목적은?"

"여기…… 종형 집에 들렀다가 사, 산둥으로 갈 예정입니다."

"종형이 여기 있나?"

"예, 거기도 처음 방문하는 겁니다."

"좋아, 산둥은 왜?"

"제, 제가 한국에서 태어나 모국에 대해 잘 모릅니다. 그래서 부친이 고국을 제대로 알고 오라면서 방문한 김에 할아버지 고향이자 우리 왕씨 가문의 기원이 시작된 곳도 꼭 들렀다가 오라고 해서……."

"그래?"

대번 호감으로 변한 직원이 예의 공안을 쳐다보았다.

"조장님도 산둥 왕씨죠?"

산둥은 우리말로 산동山東으로 표기하기도 했다.

"그래."

조장이라 불린 공안도 성이 왕씨였던지 고개를 끄덕였다.

"거기 왕씨 사당이 있습니까?"

"나도 아직 가 보지 않아서 잘 모르겠다만…… 당연히 있겠지, 짜샤."

공안 역시 말투가 조금은 온화해졌다.

"하긴 왕씨와 이씨가 제일 많은 본국이니……."

맞는 말이다.

오죽이나 많았으면 중국 성씨 중 1, 2위를 다툴까?

하물며 둘 중 어느 성씨의 인구가 더 많다는 집계가 나오라치면 다시 재검토를 요구하는 극성까지 부리는 사태까지 벌어지기도 했으니 말이다.

어쨌든 자신과 같은 왕씨란 말에 내내 살벌한 눈초리를 하고 있던 공안의 눈빛이 잠시나마 유순해지면서 담용을 보는 눈이 살가워졌다.

방문한 목적 또한 기특하지 않은가?

그래서인지 은근하게 말을 걸어왔다.

"학생인가?"

"예? 아, 예."

"대학생?"

"아, 아닙니다. 올해 고등학교 졸업반입니다."

사실 왕일량이란 사람은 실제로 존재했었지만 지금은 사망한 상태다.

나이 역시 담용이 방금 말한 고등학교 졸업반이었다.

당연히 국정원의 작품이었지만 특이한 점은 최형만의 부서에서만 알고 있는 인물이라는 것.

이는 국정원 특유의 조직 정서 탓으로, 타 부서의 일에 간섭하지 않는다는 데서 기인했다.

즉, 독단적으로 비밀을 간직할 수 있다는 뜻이다.

어쨌든 이번이 세 번째 변장이다.

처음은 홍콩 출장 때로 20대 후반의 김복주란 이름으로, 두 번째는 하얼빈 출장으로 40대 중반의 중년, 이번이 세 번째로 10대 후반인 왕일량이다.

"대학은 고국에서 다닐 건가?"

'나 참, 뒤에 기다리는 사람은 생각도 안 하나? 꼬치꼬치 캐묻기는.'

"그 때문에 종형을 만나 대학교를 알아보려고 선양부터 들른 겁니다."

"기특하군. 선양의 동북사범대학이라면 명문이라 할 수 있지. 종형은 어디서 살아? 아니, 찾아갈 수는 있나?"

'이봐, 제발 꼬치꼬지 캐묻지 말아 줄래? 당신의 친절은 오히려 나를 곤란하게 한단 말이다.'

"그럼요. 주소가 있는걸요."

"좋아, 오늘 저녁부터 폭설이 내릴 거라는 예보가 있으니, 산둥으로 가려면 애를 먹을 거야. 그러니 여기서 며칠 묶어야 할 거다."

"예? 포, 폭설이 내린다고요?"

"어, 폭설이 내릴 때가 아니긴 한데…… 올해는 유난히 추위가 일찍 찾아와서 그렇다고 해."

"아……."

담용이 멍청한 표정으로 입을 벌릴 때, 공안의 꽤나 친절한 말이 이어졌다.

"사실 기온이 영하권으로 떨어진 지도 열흘이 넘었어. 그점퍼로는 추위를 견디지 못할 거다."

담용이 입고 있는 점퍼는 가을과 초겨울용이었다.

"따로 입을 것이 있나?"

"아, 예. 가방에……."

"그럼 나가자마자 갈아입도록 해."

"아, 고, 고맙습니다."

아직 겨울이 닥치기 전이었던 터라 미처 입수하지 못했던 정보에 담용이 고개를 꾸벅하는 것으로 감사를 표하고는 물었다.

"여기 눈이 많이 옵니까?"

"그럼, 자주 내리기도 하지만 종종 사람 키 높이까지 쌓이기도 하지. 이번 폭설은 50센티미터 이상 온다고 하니, 가능하면 밖으로 나다니지 않는 게 좋을 거다."

"그럴게요."

같은 종씨라서인지 끝까지 친절하게 대해 주는 공안이 오늘따라 고마웠다.

어쨌든 좋은 정보를 얻은 셈이다.

"이봐, 통과시켜!"

"옙!"

직원이 냉큼 여권을 돌려줬다.

화교는 외국인이 아니어서 지난 하얼빈 공항 때처럼 지역을 옮길 경우 신고를 해야 한다는 말은 하지 않았다.

어느 나라에 있든지 화교들의 국적은 원칙적으로 중국이었으니까.

물론 대만이라면 다르겠지만, 왕일량의 부모가 산동 출신이라 딴죽을 걸 수가 없었다.

'후우─!'

내심으로 한숨을 길게 불어 낸 담용이 여권을 챙기고 캐리어를 찾아 질질 끌며 공항 건물을 나오자마자 느낀 것은 '춥다'였다.

'으으…… 기온이 장난 아니네.'

공항 청사 밖은 영하의 날씨에 심지어 눈까지 수북이 쌓여 있었다.

얼른 가을용 겉옷을 벗고 준비해 온 오리털 점퍼로 갈아입은 담용이 리무진 버스라도 타려고 했지만, 예상한 대로 없었다.

아직 교통 현대화가 덜 된 탓이다.

베이징 서우두 국제공항이라면 또 모를까.

특히나 심양은 청나라가 처음 발기하고 도읍을 정했던 곳이라 한인들에게서 알게 모르게 차별을 받는 지역이어서 발전이 더 더딘 면도 한몫했다.

'어?'

담용의 눈에 줄줄이 빠져나오는 승객들 중에 달랑 보스턴 가방 하나만 든 김창식 요원이 들어왔다.

'후훗, 덤덤한 표정이네.'

입국하는 것이 아무런 문제가 되지 않는다는 듯 행동이 자연스러워 보이는 김창식 요원이다.

내심 조금은 우습다는 생각이 드는 것은 바로 코앞을 지나면서도 자신을 알아보지 못하는 김창식 요원의 표정을 보았기 때문이다.

김창식 요원의 뒤꽁무니를 쫓던 담용이 때마침 앞을 지나가는 중년의 사내를 붙들고 물었다.

"저기…… 말씀 좀 물을게요. 심양고궁에 가려면 버스를 어디서 타야 합니까?"

몰라서 묻는 게 아니라 조금이라도 의심을 사지 않으려는 마음에서 우러난 행동이다.

차크라를 잠시만 개방해도 서슬이 퍼런 눈길들이 요소요소에서 느껴지고 있었기 때문이었다.

손에 주소가 적혔을 법한 쪽지를 들고 있는 것도 전부 의도된 행동이다.

"버스 정류장 말인가?"

"예."

"저쪽으로 1킬로미터 정도 가면 돼."

"감사합니다."

'헐, 1킬로미터라니. 되게 머네.'

택시를 타고 갈까 했지만 선양고궁까지 차량으로 1시간의 거리라 포기하고 말았다.

학생이 뭔 돈이 많아서 택시를 타겠는가?

의심의 단초만 제공할 뿐이다.

지금은 철저하게 학생 신분을 고수하는 길만이 답이었다.

아, 중국 돈인 위안화는 도착 시간이 늦어 미리 준비해 온 터라 걱정이 없다.

현재 환율은 1위안에 150원 정도다.

최형만 차장이 준 돈은 그리 여유 있다고 볼 수 없는 3천 위안 정도였다.

사실 돈은 걱정이 되지 않았다. 여차하면 깡패 소굴로 쳐들어가 뺏으면 되니까.

중국이야말로 삼합회를 비롯해 청방, 홍방, 흑수당, 매화 그룹 등의 협잡꾼과 깡패 들의 천국이라 할 수 있는 나라다.

오죽하면 인구만큼 비례해 온 세계로 수출(?)까지 하고 있을까?

고로 담용이 마음만 먹으면 돈을 벌기는 여반장인 중국이었다.

드르륵. 드르르르…….

캐리어를 질질 끌고 정류장에 도착하니, 사람들로 인산인해다.

퇴근 시간이 맞물려서다.

'미리 공부하고 오길 잘했지.'

담용은 인파를 뚫고 '高速大巴'라고 쓰인 곳으로 향했다.

즉, '까오쑤따빠'로 고속버스를 일컫는 말이었다.

중국에서는 일반적으로 버스를 가리키는 말을 巴士(빠스) 혹은 大巴车(따빠쳐)라고 한다.

고속버스는 高速大巴(까오쑤따빠) 혹은 高速巴士(까오쑤빠스)다.

거기에 여름이면 에어컨이 있느냐 없느냐에 따라 요금이 달라지는 체계다.

아, 일반 시내 노선버스의 경우는 公共汽车(꿍꿍치쳐) 혹은 公车(꿍쳐) 등 이름만 몇 가지나 된다.

행선지를 살피던 담용의 시선에 '심양남부역(심양고궁)'이라 쓰인 글귀가 들어왔다.

'이 버스로군.'

괄호로 심양고궁을 표기했으니 심양남부역 근처임이 틀림없다는 것을 안 담용이 얼른 표를 끊고는 버스에 올라탔다.

털썩.

겨우 사람들을 비집고 올라타 자리에 앉은 담용이 차창을 내다보니 도떼기시장이 따로 없다.

인구가 많은 나라란 것이 실감되는 장면이었다.

'그냥 내 맘대로 이 나라 저 나라를 왔다 갔다 할 수 있는 초능력 같은 수법은 없나?'

말도 안 되는 일을 속으로 뇌까리는 것은 그만큼 답답해서였다.

그때 버스 안으로 그 혼잡한 인파를 헤치고 다가온 공안이 눈을 부라리며 사람들을 살피고 다니는 모습이 보였다.

담용도 예외는 아니어서 공안의 눈과 마주칠 수밖에 없었지만 어려 보여서인지 아니면 학생이라 여겼는지 그냥 지나쳐 갔다.

아무 이상이 없다고 여긴 공안이 내리자, 그제야 시동을 걸고 출발하는 버스다.

BINDER
BOOK

추적자

 담용이 심양고궁행 버스를 타고 떠나는 바로 그 시각, 델타항공 편으로 선양공항에 도착한 두 명의 미국인이 캐리어를 끌며 막 입국 수속 게이트로 들어서고 있었다.

 한 명은 날카로운 인상의 백인 사내였고, 다른 한 명은 히스패닉계로 보이는 갈색 피부의 곱슬머리 사내였다.

 두 사람은 다른 누구도 아닌 미국의 초특급 비밀 기관인 플루토 소속의 초능력자들로, CIA 한국 지부장 애덤의 지시에 의해 중국으로 넘어온 머셔와 위버였다.

 이들이 중국으로 온 이유는 당연히 동료인 스캇과 케이힐의 실종 혹은 죽음에 관련됐을 것이라 짐작되는 포스 발현 능력자를 추적하기 위해서였다.

다소 막연한 짐작이긴 했지만 애덤의 지시를 따르지 않을 수 없어 내쫓기듯 한국의 떠나온 터였다.

두 사람 역시 공안의 검색이 느렸던 탓에 길게 늘어선 줄에서 대기할 수밖에 없었다.

역시나 척 보기에도 지루할 정도로 길게 늘어선 줄을 보고는 질렸는지 위버가 인상을 쓰며 투덜댔다.

"젠장할. 못해도 10분 이상은 걸리겠군. 머셔, 괜찮겠어?"

위버의 괜찮겠냐는 말은 김포공항에서부터 추적해 온 대상을 쫓는 것에 지장이 없냐는 얘기다.

말인즉 사정은 이러했다.

공교롭게도 담용과 비슷한 시각에 머셔와 위버도 중국으로 가기 위해 김포공항을 찾았던 데서 기인한 일로, 기실 머셔와 위버는 애초에 목적지를 북경으로 잡고 있었다.

그런데 김포공항에 도착해 출국 수속을 밟던 머셔의 감각에 요란한 경종이 울린 것이 이곳 선양으로 오게 된 원인이었다.

경종이 울린 이유는 느닷없이 에스퍼(초능력자)들이 지닌 특유의 기운이 감지된 데 있었다.

이에 깜짝 놀란 머셔가 황급히 추적에 들어갔지만 왕성했던 기운이 시간이 갈수록 점점 희미해지는 것을 느꼈다.

그러자 그는 그 즉시 감각을 있는 대로 끌어올려 가까스로 포착한 곳이 9번 게이트 쪽이었다.

바로 모스크바행 델타항공으로 이륙 10분 전이었다.

즉, 심양공항을 거쳐 모스크바로 향하는 항공편으로 심양행 대한항공의 10분 뒤에 출발하는 비행기였다.

이에 다급해진 머셔가 북경행 대신 심양행으로 티켓을 바꾸려 했다.

이를 위해 서둘러 CIA 한국 지부에 전화를 걸어 협조를 요청해 이륙을 지연시키면서까지 겨우 탑승하게 됐던 것이다.

당연히 신분도 즉석에서 미국 타코 엔지니어링의 간부로 바꾸어 북경 지사 대신 선양에 설립된 지사에 업무차 방문하는 것으로 했다.

이것이 통할 것이라는 확신은 중국이 지금 한창 외국 기술력을 도입하려 애를 쓰고 있는 때였기 때문이다.

"운에 맡겨야지 어쩌겠어?"

말은 그렇게 했지만 에스퍼(초능력자)의 기운을 지닌 자를 추적하는 데 특화된 능력을 지닌 머셔의 감각은 틀림없다는 것을 알려 주고 있었다.

즉, 머셔는 추적 능력을 갖춘 체이서chaser 에스퍼였던 것이다.

당연히 저승의 신이라 불리는 플루토 본부 출신이었고, 그들 나름대로 정해 놓은 급수로 따지면 브라보급의 초능력자였다.

동료인 위버는 찰리급에 속했다.

"VIP 라인을 이용하면 좋았잖아?"

"푸헐, 아예 대놓고 광고를 하지그래?"

"그게 그렇게 되나?"

"이봐, 위버, 우린 그냥 회사원일 뿐이야, 코리아를 거쳐 치나로 업무차 온. 그 이상도 그 이하도 아니라고."

"그 정도는 나도 알아."

"큥! 네 머리를 장식으로 달고 다니는 게 아니라면 제발 머리를 좀 쓰라고."

"아쒸, 그게 잘 안 되니까 그러지."

"그럼 제발 입 좀 닫고 있든가."

"내가 벙어리냐? 입은 말하라고 뚫어 놓은 거라고."

"제길, 말이나 못하면……."

"헤헤헷, 그래도 좀 안 좋은 머리 대신 이 우람한 팔뚝과 탄탄한 몸뚱이가 있잖아? 그러니 머셔 넌 나같이 듬직한 보디가드와 파트너가 됐다는 걸 영광으로 알아야 한다고."

"흥, 퍽이나."

아직 위버의 실체를 본 바가 없는 머셔는 귓등으로 들으며 콧방귀를 날렸다.

그도 그럴 것이 위버는 그리 크지 않은 체격, 즉 우람한 체구도, 탄탄한 근육질도, 그렇다고 장신도 아니어서 누구라도 그 말을 믿지 않을 터였다.

"하긴 뭐…… 처음 파트너가 됐으니 네 반응이 시큰둥한 건 이해해. 하지만 두고 보면 알 거다. 이 위버로 인해 네 몸의 터럭 하나도 다치지 않을 거란 걸 말이야."

"뭐, 기대해 보지."

"쩝, 배고프네."

"뭐? 기내식이 나오지 않는다고 출발하기 전에 비, 비…… 그 뭐냐? 우리가 먹었던 거?"

"비빔밥이야."

"그래, 그거 세 그릇이나 비워 놓고도 벌써 배가 고프다고?"

"에이, 이거 왜 이래? 고작 세 그릇일 뿐이라고."

"헐! 더블(곱빼기)로 세 그릇이라면 고작이 아니지."

"암튼 난 지금 무지 배고프다고."

"미친……."

"내가 계속 먹어 주지 않으면 힘을 통 못 쓴다는 건 너도 알고 있는 일이잖아?"

'빌어먹을.'

위버가 먹는 대로 힘을 쓴다는 것은 팀장인 코란트의 말을 듣고 알았지만, 그 실체를 본 것은 파트너가 된 후 함께 첫 식사를 할 때였다. 그때서야 실감을 했던 것이다.

무슨 초능력이 그런 식으로 발현되는지 들었지만 사실 지금도 믿기지가 않는 참이었다.

아직 실체를 본 적이 없었으니 말이다.

그러나 코란트 팀장이 직접 전해 준 말이니 믿지 않을 수도 없었다.

'어휴, 다급한 판국에 별게 다 속을 썩이네.'

하지만 결코 간과할 수 없는 문제이기도 해서 뭘 먹이긴 해야 했다.

머셔 자신이 리더이긴 했지만 위급한 경우의 전투력은 위버만이 가능했다.

머셔의 주특기는 추적과 위기에 특화된 감응 능력이 전부라 위버의 요구를 마냥 무시할 수는 없었다.

"안됐지만 식사할 시간은 없을 것 같으니…… 나가는 대로 대충 때우도록 하자고. 그래도 되지?"

"히히힛, 난 상관없어. 질보다 양을 따지는 체질이니까."

진중한 머셔와는 달리 생각 없이 자유분방하게 말을 내뱉는 위버는 먹는 양만큼이나 활달한 성격인 것 같았다.

"다시 한 번 말하지만 가능하면 말을 아껴. 요즘 중국 내의 분위기가 우리 미국인을 별로 좋아하지 않는다고 하니 말이야. 알았어?"

"에이, 그건 나도 알아."

근래 빠오주점 떼죽음의 범인이 미국인이라는 것이 거의 확정적이라는 방송이 연일 분위기를 달구고 있다는 정보를 들었기 때문이었다.

그래서 두 사람은 입국 심사가 조금 까다로울 것이라는 점
은 짐작하고 있던 터였다.

거기에 시민 단체들이 연일 미국 측의 사과와 보상을 요구
하며 시위를 하고 있는 중이었다.

"이제 다음이 우리 차례다. 너부터 준비해라."

얘기를 하는 사이에 어느새 줄은 줄어들어 마침내 앞에 섰
던 머셔의 차례가 되어 패스포드를 내밀었다.

예의 담용과 마주했던 공안이었고, 왕씨라는 공안은 여전
히 옆에서 지켜보고만 있는 중이었다.

'응? 미국인?'

습관처럼 손만 내밀어 패스포드를 받았던 공안이 코쟁이
임을 확인하더니 얼른 고개를 들었다.

"미국인?"

"그렇소."

미간에 주름을 지으며 묻는 퉁명스러운 말이라 머셔의 어
투도 무뚝뚝하게 나왔다.

영어 발음이 좋지 않다고 여기기에는 감정이 많이 묻어 있
는 기분이어서였다.

"입국 목적이 뭐요?"

그 말에 머셔는 거침없이 미리 준비한 명함을 건넸다.

영어로 된 명함이라 잠시 시간을 들여 살피던 공안이 말했

다.

"타코 엔지니어링 감사?"

"그렇소. 지금 해외에 설립된 지사들을 시찰하면서 감사를 하고 있는 중이오."

"한국을 거쳐서 왔단 말이오?"

"맞소. 코리아 지사 다음이 치나 지사라……."

"일본은 왜 안 갔소?"

"거긴 기술력이 우리 못지않아 애초 지사를 설립하지 않았소."

"흠."

위버를 턱짓으로 가리킨 공안이 말을 이었다.

"동료요?"

"부하 직원이오."

고개를 끄덕인 공안이 지켜보고 있는 왕씨라는 공안을 쳐다보자 가까이 다가왔다.

"며칠이나 머물 겁니까?"

"15일 정도 예상하고 있소."

이놈은 조금이나마 친절한 말투라 머셔도 딱 그만큼 반응했다.

"15일? 감사하는 시일이 원래 그렇게 깁니까?"

"북경과 상해에도 지사가 있으니까요."

"아! 하면 북경 지사부터 방문하는 게 순서가 아닙니까?"

"그건 회사 사정에 의한 것이라 자세히 밝힐 수 없소."

"흠, 그러시다면 한 가지 알아 둘 게 있습니다."

"……?"

"지역을 옮길 때마다 공안에 신고를 해야 한다는 걸 필히 숙지하고 있어야 한다는 겁니다."

"아, 그건 몰랐군요. 가르쳐 줘서 고맙소."

"뭐, 어차피 지사에 도착하면 알게 될 사항입니다."

"그런데 원래 이렇게 입국 절차가 까다롭소이까? 우리 미국과 수교한 지도 벌써 30년이 넘었는데 말이오."

하기야 머셔의 말도 일리가 있는 것이, 미국과 중국이 수교한 해가 1969년이라 까다로울 이유가 없기도 했다.

물론 서로 간의 이해관계가 맞물리거나 얽히다 보니, 즉 미국의 경우 냉전 체제를 청산하자는 '닉슨독트린'의 발표가 있었던 데다 우수리 강을 사이에 두고 소련에 위기의식을 느끼고 있던 중국과 합이 맞았던 결과가 바로 수교였다.

어쨌든 두 나라가 수교한 지도 강산이 세 번이나 변할 정도였으니 역사가 깊었기에 머셔가 그걸 지적하는 것이다.

"다소 그런 면이 있지만 요즘 선양에 몹시 좋지 않은 일이 벌어진 탓에 어쩔 수 없이 입국 절차를 강화하게 되었습니다. 불편하셨다면 죄송합니다."

"뭐, 괜찮소. 그런데 한 가지 물어도 되겠소?"

"말씀해 보시지요."

"나와 직원은 중국 방문이 처음이다 보니 궁금한 게 너무 많소. 혹시 자유롭게 여행할 수 있는 방법이 있소? 내가 듣기로는 중국은 가는 곳마다 구경할 것이 많다고 해서 그냥 볼일만 보고 출국하기는 좀 억울하지 않을까 싶어서 하는 말이오."

　말인즉 이렇게 일일이 신고하면서 여행을 하기에는 불편하니 다른 방법이 없겠냐는 뜻이다.

　아울러 마음이야 급했지만 전혀 의심을 살 만한 사람들이 아님을 주지시켜 주기 위해 일부러 물어본 것이다.

　"단체 관광이라면 모를까 개인이 여행을 다니기에는 치안이 그리 좋다고 할 수는 없습니다. 정 그러길 원하신다면…… 이곳 공안 책임자에게 자유 여행증을 발급받을 수만 있다면, 여행하는 데 번거로움이 덜할 것입니다."

　'발급받을 수만 있다면'이란 말은 그게 쉽지가 않을 것이라는 뜻이었다.

　"아, 그런 방법이……."

　"딱히 제도화된 것은 아니니, 회사 차원에서 부탁해야 할 겁니다."

　"잘 알겠소. 친절한 말씀 고맙소이다. 이제 나가도 되겠소?"

　"나가셔도 됩니다."

　"고맙소."

그사이 창구에 앉은 공안이 위버의 패스포드도 확인을 끝냈던 터라 두 사람은 서둘러 밖으로 나갔다.

"어이, 좀 천천히 가자고."

"위버, 그러다간 놓쳐."

"젠장, 배는 언제 채워 줄 거야?"

어린아이처럼 보채는 위버의 말을 귓등으로 들은 머셔가 한동안 빠른 걸음으로 걸어 도착한 곳은 담용이 버스를 탔던 정류장이었다.

'제길…….'

시간이 너무 지나 버린 탓에 에스퍼의 기운이 너무 희미했다.

그럼에도 추적에 최적화된 머셔의 감각이 자연스레 담용이 타고 떠난 버스 대기장의 번호를 훑었다.

'19번'

허공에 대로대롱 달린 팻말을 보니 심양역행이다.

심양역에 내려서 다시 추적을 시작해야 할 생각을 하니 피곤이 엄습해 오는 것 같았다.

하지만 그동안의 추적 경험으로 이골이 난 상태라 머셔는 실패할 것이라는 생각은 하지 않았다.

자신의 감각 역시 의심하지 않는 건 당연했다.

여태껏 단 한 번도 실패한 적도 없었고. 감각이 배신하지도 않았으니 말이다.

문제는 얼핏 느껴진 추적 대상의 에스퍼 능력치가 결코 만만하지 않다는 점에 있었다.

　이유는 에스퍼의 능력치가 높으면 높을수록 기운도 오래 남아 있기 때문이었다.

　단 마스터급 이상이라면 임의로 제어할 수 있는 능력이 있어 추적이 쉽지 않았다.

　이런 걸 보면 담용의 경우는 마스터급이라 스스로 제어할 수 있음에도 불구하고 그 방법을 몰라 기운을 마구 흘리고 다닌다고 보면 맞았다.

　'적어도 하프half(절반)급 이상은 되겠어.'

　감지된 기운을 어림짐작으로 측정해 본 결과가 그랬다.

　당연히 시간이 흘렀다는 것을 감안한 계산이다.

　하프급이라면 2.5에서 3등급 사이의 능력이다.

　플루토에서는 에스퍼들의 능력을 5등급으로 구분하고 있기에 그렇다.

　5분의 1등급과 5분의 2등급은 뭉뚱그려 유저로 취급했고, 델타급이다.

　2.5에서 3등급 사이는 하프라 불리며 찰리급에 속했다.

　5분의 4등급은 마스터로 브라보급, 5분의 5등급은 언리미터, 즉 무한자급이었다.

　그 위로는 누구도 닿아 보지 않아 알 수 없는 영역이었기에 초능력자들의 주인이라는 뜻인 에스퍼 오우너 혹은 앱설

루트라 구분하고 있다.

고로 추적 대상은 찰리급이란 뜻.

'흠, 만나게 되면 상대하기는 쉽겠어.'

머셔는 자신이 브라보급이라 최악의 경우에 처하지만 않는다면 임무를 달성하기에는 그리 어렵지 않을 것이라 자신했다.

문제는 추적이 정확해야 한다는 데 있었다.

언뜻 운행 시간표를 살펴보니 1시간 간격이다.

지금 30분 정도 지났으니 그만큼 더 기다렸다가 타야 한다는 소리다.

'택시를 타면 돼.'

하지만 버스 노선과 같은 코스여야 했다. 그거야 택시 기사라면 다 알 것이니 염려하지 않아도 됐다.

그렇게 결정하자 갑자기 여유가 생겼다

"위버, 가서 너 먹을 만큼 사 와."

"돈!"

기다렸다는 듯 얼른 손을 내미는 위버다.

'쩝.'

머셔는 위버가 무일푼이라는 걸 알고는 미처 환전하지 못한 10달러짜리 한 장을 건넸다.

위버는 끊임없이 먹어 대는 버릇으로 인해 아예 돈을 쥐여 주지 않는 것으로 통제를 했던 것이다.

"애걔? 겨우?"

"여긴 물가가 싸니까 충분해! 시간 없으니 빨랑 갔다 와! 그게 싫으면 도로 뺏을 거니가 알아서 해."

"에헤헤헷."

히죽히죽 웃은 위버가 돈을 손에 쥐자마자 김을 모락모락 피우는 딤섬 가게로 달음박질쳤다.

버스는 심양남부역에서 멈췄고, 잽싸게 내린 담용은 지체 없이 태원가로 향했다.

태원가는 먹자골목이라 할 수 있는 식당 거리다.

그래서인지 초입부터 음식 냄새가 진동을 하고 있었다.

때가 때인 만큼 사람들로 넘쳐 났고, 찌고 볶고 데치느라 피워 올리는 김이 마치 연막탄을 터뜨린 것 같은 기분이 들었다.

그 와중에도 공안들이 불심검문을 하고 있는 모습들이 곳곳에서 포착됐다.

담용 역시 태원가로 향하는 동안 두 번이나 검문을 당해야 했지만, 역시나 이번 변장이 탁월한 선택이었음을 다시 한 번 확인한 셈이 됐다.

'쿠쿡, 중국도 학생이란 신분에는 관대하군.'

한국 역시 마찬가지로 학생복을 입은 학생들에 대해서는 관대한 면이 있었다.

　담용은 뇌리에 기억된 대로 중앙 통로를 한참 지나 이제 막 맥도날드점을 개업한 맞은편 골목으로 들어갔다.

　몇 발짝 걷지 않아서 간판에 매향梅香이라 쓰인 음식점이 보이자 곧바로 들어갔다.

　그리 넓다고 할 수 없는 실내는 이미 사람들로 가득 차 있었다.

　빈자리를 찾아 앉아 잠시 메뉴판을 보고 있으니 종업원이 다가왔다.

　"여기 쑤완라편과…… 꽁바오지딩 1인분씩 주세요."

　음식을 알고 주문하는 것이 아닌 그냥이다. 목적이 따로 있기에 들른 식당이어서다.

　"5분만 기다리시면 됩니다."

　"아, 화장실이 어디죠?"

　"저기 출입문 옆에 있어요."

　"감사합니다. 가방을 놓고 가도 되겠죠?"

　"하핫, 그럼요."

　의심 많은 학생다운 물음에 종업원이 웃으며 돌아섰다.

　어쨌든 안심한 담용이 종종걸음으로 화장실로 향했다.

　'저기로군.'

　네 개 중 세 번째 화장실을 열었다.

'헉! 좌변기가 아니네.'

수세식이긴 했지만 쪼그려 앉아서 볼일을 볼 수 있는 구조였다.

다행인 점은 바가지로 퍼서 내리는 것이 아니라 벽에 물통이 있다는 것.

까치발을 든 담용이 물통 속을 헤집더니 뭔가 걸리는 것이 있어 얼른 끄집어냈다.

비닐로 꽁꽁 싸매진 물건.

대충 물기를 제거하고는 주머니에 넣었다.

이왕 들어온 김에 시원하게 볼일을 보고 몸을 가볍게 했다.

식탁으로 돌아오자마자 종업원이 주문한 음식을 가지고 왔다.

"맛있게 들어요."

종업원의 말에 싱긋 웃어 준 담용이 음식을 보니 하나는 김을 모락모락 피웠고 다른 하나는 그런 기미가 없었다.

어떤 게 쑤완라펀이고 꽁바오지딩인지 알 수가 없다. 메뉴판에는 음식 이름만 있었지 그림이 없었기 때문이다.

김을 피우는 건 면 요리였다.

젓가락을 들고 맛을 보니 시고 매웠다.

그런데 의외로 먹을 만했다.

'이건…… 어떨까?'

고기와 양파를 간장에 뒤섞어 놓은 요리 같았다.

양파를 젖히고 고기 한 점을 입에 넣어 씹어 보니 닭고기였다.

이 역시 거부감이 들지 않아 먹을 만했다.

두 가지 다 저녁 식사로는 적당했고, 시장기도 있어 얼마 지나지 않아 두 그릇을 몽땅 비우고 말았다.

'어허, 잘 먹었다.'

다들 중국 음식이 기름기가 많아 느끼하다고 말하지만 쑤완라펀과 꿍바오지딩은 먹을 만했다.

자리에서 일어선 담용이 돈을 지불하고는 밖으로 나와 쪽지에 적힌 주소를 찾아 떠났다.

그로부터 20여 분이 지난 시점에 머셔와 위버가 식당을 찾아들었다.

머셔는 들어서자마자 곧 추적에 특화된 감각을 확장시킴과 동시에 안광까지 쏟아 내 실내를 훑었지만, 에스퍼가 머물렀던 기운만 감지할 뿐이었다.

'한발 늦었군.'

그래도 거의 따라잡은 셈이라 자신감이 더 왕성해졌다.

"아, 뭐 해, 자리에 앉지 않고!"

연방 코를 킁킁거리며 음식 냄새를 맡고 있던 위버가 의자를 탁탁 쳐 대고는 메뉴판부터 살피기 시작했다.

"위버, 먹을 시간이 없다니까."

"그래도 난 먹어야겠어."

"딤섬인가 뭔가 하는 걸 스무 개씩이나 먹었잖아?"

"어허, 그것 가지고는 간에 기별도 안 갔다. 언능 앉아! 먹어야 힘쓸 것 아냐?"

'지랄한다.'

내심으로 불만이 잔뜩 치올랐지만 머셔 혼자서는 감당이 되는 일이 아니어서 마지못해 주저앉았다.

하긴 머셔 자신도 몇 시간 동안 먹은 게 없어 배가 살짝 고파 오긴 했다.

'그래, 먹어야 힘을 내지.'

"대신 5분 안에 다 해치워!"

"흐흐홋, 아예 흡입하란 소리구나. 뭐, 그 정도야……. 헤이! 웨이터!"

이곳이 안가라고?

태원가에서 한참 후미진 골목에 위치한 주택가.

두 사람이 교차해 지나가기도 벅찬 좁은 골목이라 주택가라기보다 그냥 빈민가였다.

담용이 쪽지에 적힌 주소대로 찾아온 곳은 빈민가 중 한 채였고, 출입문은 사람 하나 겨우 비집고 들어갈 수 있는 폭이었다.

그런데 일부러 그랬는지는 몰라도 문패가 적혀 있었다.

　王一文

'왕일문?'

담용의 뇌리에 각인된 종형의 이름이었다.

담용 자신의 가짜 이름은 왕일량王一量.

돌림자가 일一인 것이다.

'치밀하네. 그래, 국정원이라면 적어도 이 정도는 돼야지.'

이름 아래 큼지막하면서도 클래식한 자물쇠가 절간의 사대천왕처럼 문을 굳게 지키고 있었다.

'철두철미하군.'

좁은 골목으로 적지 않은 사람들이 지나치고 있었지만 담용에게 관심을 갖는 사람은 아무도 없었다.

심지어 바로 옆집에 사람이 드나들면서도 알은체를 하지 않았다.

이는 두 가지로 해석할 수 있다.

하나는 삶이 그만큼 팍팍해 인정을 나눌 겨를이 없다는 것.

또 다른 하나는 도시로 돈을 벌러 온 타지 사람이라는 것이다.

국정원에서 일부러 그런 곳을 아지트로 삼았다는 것이 담용으로서는 '땡큐'일 수밖에 없다.

'헐, 노상방뇨까지.'

전봇대를 부여잡은 채 아랫도리를 까고 오줌을 누고 있는 취객까지 눈에 들어왔다.

그러고 보니 지린내가 만연해 있는 골목인지라 절로 코가 실룩거려졌다.

'후훗, 집을 제대로 골랐군.'

인상을 찌푸리기보다는 오히려 웃음이 터져 나오는 담용이다.

'에고, 일단 좀 쉬자.'

비닐 봉투 안에 있는 열쇠를 꺼내 자물쇠를 열었다.

철컥.

마치 원래부터 제집이었던 양, 스스럼없이 안으로 들어섰다.

깜깜했다.

문가의 벽을 더듬거리니 뭔가 잡혔다.

딸깍.

'팍' 하고 불이 들어왔다.

'쩝, 역시나⋯⋯.'

한 걸음 내디뎌서 들어선 곳은 부엌이었고 곧바로 문짝도 없는 쪽방 한 칸이 눈에 들어왔다.

그리고 침대 하나와 탁자인지 책상인지 정체도 모호한 낡은 가구 하나와 의자 하나, 그리고 조그만 전기난로 하나가 전부인 세간.

뭐, 큼지막한 종이 박스가 하나 있긴 했지만, 저건 잡동사니들이나 넣어 놓았을 법했다.

'헐.'

절로 억장이 무너졌다.

아무리 임무만 끝나면 두 번 다시 안 볼 집이라지만, 하다
못해 그 흔한 TV나 라디오 한 대도 없다니.

'젠장, 끓여 먹을 그릇 하나도 없는…… . 어? 있네.'

나무 막대기 두 개를 걸쳐 놓은 시렁에 시커먼 중국식 냄
비 하나가 눈에 들어왔다.

그나마 그을음이 낀 것이 아니라 새것인 점에 마음이 놓였
다.

음식을 해 먹을지 말지는 나중 문제였지만, 그나마 라면이
라도 끓여 먹을 만한 도구가 있다는 게 어딘가?

그리고 생수인지 그냥 떠 놓은 것인지 파란 플라스틱 물통
의 뚜껑을 열어 보니 물이 그득했다.

살얼음이 져 있긴 했지만 또 그게 어딘가?

다음으로 눈에 띤 것은 석유풍로였다.

'나 참, 이게 언제 적 석유풍로야?'

발치에 놓인 건 정말 오랜만에 대하는 석유풍로였다. '곤
로'라는 이름으로 더 익숙한 불 피우는 조리 기기다.

담용이 아주 어렸을 때 어머니가 쓰던 석유풍로, 그것도
일본제인 후지카 풍로였다.

원래 곤로라고 불렀지만 그것은 일본식 표기고 풍로라 해
야 맞다.

즉, 석유풍로인 것이다.

'이건 뭐지?'

부엌 한쪽 벽에 기대 있는 자루를 들춰 보니 봉지 쌀과 봉지 김치가 나왔다.

그리고 생각지도 않았던 라면 다섯 개와 10여 개의 봉지 커피까지.

알고 보니 자루가 보물인 셈이었다.

"하하핫."

열악한 삶 속에서 찾은 희망에 절로 웃음이 튀어나왔다.

뜻밖에 횡재한 기분이 이럴까?

빈곤 속에 풍요로움을 찾은 때문인지 만족한 담용이 방으로 들어서 난로부터 켰다.

사실 엄청 추운 날씨였다.

서울보다 적어도 온도계가 10도는 내려가 있는 듯한 추위라 더 차갑게 느껴졌다.

조금씩 적응하지 못하고 갑작스럽게 맞은 추위라 더 그런 면이 있었다.

'후우, 일단 좀 씻…… 젠장할.'

무릎 어름밖에 오지 않는 물통 양으로는 목욕은 언감생심 사치라고 여긴 담용이 이내 포기하고는 냄비를 내려 물부터 끓였다.

살얼음을 그대로 들이켜기에는 좀 추워야 말이지.

이어서 화장실 물통에서 가져온 비닐을 벗겨 꼬깃꼬깃 접힌 쪽지부터 펴서 살피기 시작했다.

'흠.'

의외로 내용이 빼곡했다.

쪽지를 읽어 가던 담용의 안색이 점점 무거워진다 싶더니 종내에는 심각하게 변했다.

'이, 이게 뭐야?'

듣던 것과는 완전히 다른 내용에 담용은 침음을 삼켜야 했다.

어쨌거나 풍로에 올려놓은 물이 끓을 때까지 읽고 또 읽은 담용은 쪽지를 지방 태우듯 불에 태워 허공으로 날려 버렸다.

'후우, 제기랄. 고생문이 훤하군.'

기분이 착잡했다.

그런 기분을 털어 버리려 벌떡 일어섰다.

'일단 커피부터 한 잔 마시면서 생각해 보자.'

그렇다고 무거운 마음이 가시진 않겠지만 당장 뭘 어떻게 할 수도 없는 입장이긴 마찬가지였다.

'흐흠, 여기서 마시는 커피 맛은 어떨까?'

고작해야 비행기로 1시간 30분 거리밖에 떨어져 있지 않았지만 커피를 타는 손이 조심스러웠다.

한국에서야 흔한 봉지 커피지만 여기서야 어디 그런가?

'아참, 석유가 떨어지면 곤란하지.'

되도록이면 노출을 꺼리는 것이 좋아 잦은 바깥출입은 삼가야 했다.

'정말 없는 건가?'

아무리 둘러봐도 화장실이 없다.

'하! 진짜 하수구에 대고 싸란 말인가?'

물론 큰 건 아니고 작은 거다.

큰 볼일은 공중화장실을 이용하라고 적혀 있었다.

아, 중국에서는 화장실을 위생실이라 부른다.

그런데 그 공중화장실이란 것이 참으로 민망하다는 것을 알고 있는 담용이었다.

'아놔, 정말.'

기가 막히고 코가 막혔다.

담용이 알아본 바로는 중국의 공중화장실이란 게 문이란 것이 없고 전부 개방되어 있었다.

그것도 2인이 마주 보는 상태에서 볼일을 봐야 하는 악조건, 아니 실로 민망한 구조였다.

하지만 이조차도 양반인 것이, 어떤 공중화장실은 많게는 20여 개의 변기가 전부 개방되어 여러 사람이 한꺼번에 볼일을 볼 수 있게 해 놨다는 것이다.

그러니까 전자든 후자든 서로 얼굴과 엉덩이를 다 볼 수 있는 구조라는 것.

그 이유란 것이 참으로 가관이다.

범죄 예방 차원이란다.

'하! 소변기에 칸막이가 없다는 건 이해해도 대변하는 장소까지 없다니…….'

그야말로 열악하기 짝이 없는 공중화장실이라 가기가 두려워지는 담용이다.

당연히 이런 빈민가의 화장실이라면 스무 개짜리 이상일 것이 빤했다.

골목이 온통 코를 싸쥘 만큼 지린내로 진동하는 하는 것도 공중화장실이 멀었기 때문이었다.

하기야 화장실이 주택 가까이에 있어서 좋을 건 없다.

하지만 거기까지 가기 귀찮아서 아무 곳에나 싸질러서야 어디 사람이 거주하는 곳이라 하겠는가?

'썩을……. 그냥 호텔로 가 버릴까?'

하지만 누가 그걸 몰라서 빈민가로 숙소를 잡았을까?

'염병할.'

그토록 반가웠던 라면이 갑자기 보기 싫어졌다. 먹으면 배출해야 하는 것이 생리라서 그렇다.

'쩝, 할 수 없지. 식당에서 해결할 수밖에.'

그래도 식당의 화장실은 괜찮은 편이라 담용은 거기서 해결하기로 마음먹고는 방 한구석으로 갔다.

이어 까치발을 하고 '땜방'이 된 도배 부분의 천장 한쪽을 잡아 뜯었다.

부욱.

또다시 까만 비닐에 싸인 물건이 나왔다.

열어 보니 쪽지 한 장, 두 개의 휴대폰 그리고 자동차 키다.

쪽지에는 달랑 전화번호 세 개가 적힌 게 전부였다.

'연락처가 세 곳이라……'

이 역시 번호를 몇 번이고 반복해서 외우고는 불태워 버렸다.

'오늘은 일찍 자 두자.'

내일은 서탑가 주변을 살펴보기로 한 담용이 침상으로 올랐다.

그래도 침상과 이불은 깨끗해서 퀴퀴한 냄새는 나지 않았다.

그런데 피곤함에도 불구하고 눈만 말똥말똥했지 잠이 오질 않았다.

'젠장할.'

그냥 있을 수 없어 눈을 감은 채 쪽지의 내용들을 되새겨 보았다.

쪽지에 적힌 내용은 지난번 잠시 왔다가 간 출장과는 비교할 수 없을 정도로 세세하고도 방대했다.

'헐, 그러고 보니 귀환 날짜를 정해 주지도 않았네.'

하기야 일정이 얼마나 걸릴지 모르니 그럴 만도 했다.

담용은 먼저 매향이란 식당에서 획득한 쪽지의 내용부터 떠올렸다.

　쪽지에는 랴오닝 성에 대한 개괄적인 정보가 적혀 있었다.

　현지의 기본 사정을 알아야 할 것 같아 써 놓은 것 같은 느낌이 진했다.

　중국 랴오닝 성(요령성).

　동북 3성 중 하나로 열네 개 성 직할시가 있고, 마흔네 개 현, 즉 시市가 존재했다.

　성도는 당연히 이곳 심양(선양)이다.

　인구는 4,203만 명이며 한족과 만족 그리고 몽골족과 회족, 조선족 등 마흔세 개의 민족들이 혼합 구성원으로 자리 잡고 있다.

　그중 조선족 인구는 대략 25만 명 내외.

　근로자 월평균 소득 620위안(한화로 9만 3천 원).

　과거 일본의 중국 침략 거점 지역으로, 중공업 기반이 양호한 편이다.

　그 덕에 특히 심양은 성도임과 동시에 동북 3성의 경제, 물류 중심지로 부각하기 시작해 지금은 그 어느 도시에 못지않은 발전을 이루고 있다.

　북한과의 접경 지역이 불과 2백 킬로미터 정도이며 그중에서 단동은 북한 신의주와 빈번하게 교류하고 있는 중이었다.

그 일례로 항공편을 들 수 있다.

심양과 평양 간 항공편이 주 2회나 되고, 베이징과 평양 간의 항공편은 주 4회다.

배나 기차는 말할 것도 없었고 트럭 또한 마찬가지다.

다음으로 탈북자들이 지금 처해 있는 사정을 떠올려 보았다.

당연히 이곳 정보원들이 취합해서 쪽지에 적어 놓은 내용이다.

'제길, 사정이 달라졌어.'

그새 변화가 있었는지 최 차장에게 들었던 내용과 많은 차이가 있었다.

애초 서른두 명이었던 탈북자가 무려 열한 명이나 늘어 도합 마흔세 명이라는 것.

게다가 아이도 여아가 여섯 명에서 여덟 명으로, 남아가 세 명에서 네 명이 된 상태다.

그뿐만 아니라 갓난아이, 즉 젖먹이까지 한 명 있다고 했다.

더 기가 막힌 것은 선양 공안국이 이들 탈북자들을 빙두氷毒, 즉 히로뽕을 밀수하고 판매한 혐의를 덧씌워 범법자로 몰고 있다는 내용이었다.

그것도 대규모 밀수, 판매 집단이다.

이들의 두목은 박양수란 자이며, 나이가 43세라고 했다.

    실지로는 목사 신분인 박양수였지만, 범죄 내용이 참으로
구체적이었다.

    이들은 현재 수배 중이었는데, 선양시 공안국의 발표에 따
르면 히로뽕을 무려 54킬로그램이나 밀수한 것은 물론 차량
열두 대를 훔쳐 범행에 사용했으며 더불어 사제 총까지 소지
한 극악한 범죄 집단이라고 했다.

    권총 여섯 자루에 탄알 일흔두 발 그리고 공기총 세 자루
까지 세세하게도 나열하고 있었다.

    특히 지극히 위험한 범죄 집단이라는 점을 두 번 세 번 강
조하고 있다는 점을 볼 때, 검거에 적극적으로 나서고 있는
실정이라는 것이다.

    그것을 뒷받침해 주는 것이 바로 현상금이었다.

    무려 1천 달러로, 중국 돈으로 치면 8천 위안이란 큰돈을
걸고 있었다.

    북한 보위부에서 건 돈을 공안이 생색을 내는 것이라고 했
다.

    '빌어먹을 자식들.'

    담용은 중국이 제아무리 북한과 혈맹 관계라고는 하지만
없는 죄를 덮어씌우면서까지 탈북자들을 찾느라 혈안이 되
어 있다니 분노가 치밀어 올랐다.

    '염병할 놈들.'

    기실 중국 정부의 탈북자 단속 정책은 애초 말이 안 되는

얘기다.

왜냐하면 다른 건 다 제쳐 두고라도 미래의 탈북자 한 분이 중국에 대해 분기탱천해서 매스컴에 털어놓은 말 때문이다.

물론 지금이 아닌 미래에 있었던 일이다.

그가 말하길, 현시대의 국제법을 떠나서라도 대단히 잘못된 탈북자 단속이었다.

1960년대에 중국에서 먹고살기 힘들어 중국인들이 북조선으로 넘어왔을 때, 이들을 '난민'이라며 공민증을 만들어 주고 무상 배급에다 일자리까지 주었다는 것이다.

그런데 이제는 반대가 되어 그들 북조선 사람들이 먹고살기 어려워 중국에 친척들의 방조를 받고 돈을 벌게 됐다.

하지만 중국 정부는 파렴치하게도 북조선 사람들을 붙잡아 강제로 압송하는 것으로도 모자라 강도질을 하고, 남의 물건을 빼앗고, 북조선 사람들을 붙잡아 가 처벌하고 있다는 것이었다.

'이건 한국에서 듣던 것보다 더 열악한 환경에 처해 있구나.'

쪽지의 내용만으로도 막연하게만 여겼던 참상이 실감되는 담용이었다.

'검문검색이 서탑가에 주로 몰려 있다 이거지?'

특히 각 항구에 있는 출입국 관리 사무소에 경찰과 공안을 두 배로 늘렸다고도 했다.

문제는 그것이 다가 아니라는 점에 있었다.

선양시 공안이 얼마나 뻥을 쳐 댔으면, 히로뽕 54킬로그램의 가격이 물경 1천만 위안에 달한다는 말과 더불어 다량의 금괴까지 소지하고 있다고 했다.

이 말로 인해 인근 성省의 깡패들까지 동원되어 한인 타운을 뒤지고 있는 중이라는 것이다.

즉, 선양은 당연했고, 주변의 길림, 장춘, 머린 등지의 깡패들이 동원된 것은 물론 그 지역의 공안 당국과 공조수사까지 벌이고 있다고 했다.

이것이 사실이라면 한마디로 온갖 잡놈들이 한인 타운으로 몰려들고 있는 게 이곳의 실상이라는 것.

그뿐만 아니라 공안국에서 경찰이나 공안 들에게 포상을 내걸었고, 일반인들에게는 공산당 입당이라는 조건을 내건 상태라는 점이다.

'공산당 입당이라…….'

그야말로 일반인들에게는 엄청난 유혹이 아닐 수 없다.

공부한 바에 의하면 중국인이라고 해서 모두가 공산당 당원이 아니었다.

아니, 오히려 공산당원이 되기가 결코 쉽지 않았다.

당원의 선발을 신중히 하는 이유가 인민들에게 신뢰를 잃지 않기 위함이라 했다.

우선 당원의 자격 요건은 18세 이상이며, 맡은 분야에서 인정을 받는 것은 물론 두 명 이상의 당원으로부터 추천이 있어야 비로소 소정의 교육을 받을 자격이 주어진다는 것이다.

거기서 끝나지 않는다.

일련의 과정을 거쳐 자격이 있다고 판단되면 당 지부 전체 회의에서 조사 결과를 발표하고, 심화 토론을 거친 후 비밀 투표를 통해 입당 여부가 결정되는 것이다.

만약 불합격 판정이 되면 입당 자격이 취소됨은 물론 입당 자체가 불가능해진다.

당원이 되면 당연히 수행해야 할 적지 않은 의무와 권리가 따르는데, 그중에는 당 간부 선발 시 선거권과 피선거권을 갖는 것과 월수입의 0.5~2퍼센트를 내야 한다는 점도 있다.

이런 의무를 이행하지 않으면 자동적으로 당원 자격이 박탈된다.

반면에 일일이 거론할 수는 없지만 권리에 따른 혜택이 엄청나다고 한다.

'흠, 포상보다는 공산당 당원이 되기 위해서라도 눈을 벌겋게 뜨고 찾아다니겠군.'

하지만 25만 명이나 거주하는 한인 타운을 샅샅이 훑기는 쉽지 않은 일이라 꼭꼭 숨었다면 당분간은 걱정하지 않아도 됐다.

거기에 최근에 발각됐다는 점도 다행이라면 다행이었다.

'아무래도 공안들을 좀 바쁘게 만들 방안을 찾아야겠어.'

공안들의 시선을 돌릴 수 있는 묘안이 절실한 시점이었다.

다만 문제는 그들이 현재 어떤 처지에 처해 있느냐는 점이다.

먹을 것, 입을 것 그리고 병마에 시달리고 있지나 않은지 걱정이다.

하다못해 갓난아이에게 먹일 분유라도 있는지…….

'목숨을 걸고 넘어온 사람들인데…… 앞날이 첩첩산중이라니.'

김정일이 발악을 하고 있다는 증거다.

'젠장할. 잠은 다 잤군.'

도무지 마음이 쓰여서 잠이 올 것 같지가 않아 일어나 버렸다.

'차라리 지금 서탑가로 움직여?'

하지만 이내 고개를 저었다.

공안들의 검문검색이 극심한 상황에서 아무런 계획도 없이 무작정 가서 뭘 한단 말인가?

'연락을 준다고 했는데…….'

당연히 낯도 코도 모르는 국정원 요원으로부터다. 그 요원 역시 담용을 모르는 것은 매한가지였다.

'하! 이거야 원…….'

무턱대고 마냥 기다리고 있자니 이것도 못 할 짓이다.

'뾰족한 수가 없을까?'

지금 서탑가로 쏠리고 있는 경찰과 공안 들의 시선부터 다른 곳으로 돌려야 한다는 점이 선결 과제로 여겨졌다.

그다음은 북한 공작원들의 소재를 파악해 무차별로 조져 버리는 일이다.

이 일은 아직 소재를 파악하지 못했다고 하니 연락이 와야 가능했다.

담용이 미간을 찡그리면서까지 골몰하고 있는 그때, 바깥이 조금 수선스러워진다 싶더니 난데없이 '우당탕', '쿵탕', '쩌적' 하는 소음이 들림과 동시에 문짝이 부서지는 소리가 났다.

'어? 뭐, 뭐야?'

다행히 담용이 거주하는 집의 문짝이 부서진 건 아니었다. 방문도 없는 집이었으니 확인하는 거야 금세다.

이어서 골목에서 서로 싸우는지 치고받고 투닥거리는 소리가 연거푸 들려왔다.

'아쒸……'

혹시라도 문짝이 부서지면 어떡하나 싶어 불안한 마음에 막 나서려는 참이었다.

"어? 너 이 새끼, 지금 나를 쳤어?"

"그래, 쳤다, 새끼야!"

"어라? 이마빡에 피 나는 거 보이지?"

"벼엉신이 뭐래? 그래서 뭐?"

"가자."

"씨발 넘, 이거 안 놔!"

"가자고, 새꺄!"

"어딜 가자는 거야?"

"공안국에 가자고!"

"흥! 그래, 좋다, 가자!"

"이 새끼, 오냐, 오늘 폭행범으로 쇠창살 한번 구경해 봐라."

"미친넘이 뭐래?"

"잔말 말고 따라와, 새꺄."

그 말을 끝으로 씩씩대던 두 사람의 발소리가 멀어졌다.

하지만 그들이 다투면서 내뱉었던 한마디가 담용에게는 큰 충격으로 다가왔다.

'아! 그렇지, 공안국!'

거길 건드리면 공안들이 모두 철수할 수 있는 빌미를 마련할 수 있을 것으로 여겨졌다.

하지만 어떻게?

'폭파시켜 버려, 아님 총기를 탈취해?'

아무래도 총기 탈취는 약할 것 같아 폭파 쪽으로 무게가 기울어졌다.

'시간이?'

손목에 찬 듀얼 시계를 보니 밤 11시가 다 되어 가고 있었다.

우물쭈물하다 보니 중국에 도착한 지도 벌써 3시간 30분이 지나 있었다.

'적당한 시각이군.'

공안들이 서탑가에 몰려 있는 데다 일부는 퇴근했을 것을 감안하면 인명 피해는 그리 많지 않을 것 같았다.

인명 피해는 담용도 바라는 바가 아니었다.

'아, 위치가?'

공안국의 위치도 어딘지 모르는 상황.

'위치야 전화 한 통이면 알 수 있을 테고……'

작심을 하자, 담용은 망설일 것 없다는 듯 휴대폰을 들고 세 번호 중 하나를 찍었다.

신호음이 한 번 울리고 난 후, 음성이 들려왔다.

-뤄시양입니다.

'응? 중국인?'

그럴 리가?

휴대폰 번호가 잘못될 리가 없을 터.

담용은 제 할 말만 했다.

"모두의 시선을 공안국으로 돌릴 작정이오. 그러니 공안국 위치와 C4같이 강렬한 폭약, 타이머 두 개를 구해 주시오.”

—…….

요구 사항에 반응이 없다.

느닷없고 어처구니없는 요구여서 그런 건가?

그래도 최형만 차장의 말은 굳게 믿은 담용은 상대방에게서 반응이 올 때까지 입을 꾹 다물기로 했다.

계속해서 응답이 없어 끊어 버리고 싶은 마음이었지만, 참았다.

만에 하나 적이라면 휴대폰을 들고 있는 시간이 길어지면 길어질수록 노출될 위험성이 컸기 때문이다.

다행히 인내한 보람이 있었다.

—30분 후에 문자로 알려 주겠소.

“새벽 2시 이후에 움직일 것이니, 그리 알고 준비해 주면 좋겠소.”

탁!

상대방 쪽에서 먼저 끊었다.

은밀함을 요하는 사안이니 기분 상해 할 일은 아니다.

‘30분.’

길면 길고 짧으면 짧은 시간.

자정이 가까운 시각이라 움직이기에는 알맞은 때다.

‘일단 몸을 최고의 상태로 만들고 보자.’

담용은 그 즉시 가부좌를 틀고 앉았다.

모자랄 수 있는 수면을 차크라를 운기해 보충함과 동시에
컨디션을 조절하기 위함이었다.

오늘은 밤이 좀 길 것 같았다.

그렇게 두어 시간이 지난 후, 쪽방을 나서는 담용의 모습
은 또 변해 있었다.

그런데 방향은 처음 빈민가 골목을 들어설 때와는 정반대
쪽이었다.

머셔와 위버가 에스퍼의 기운을 따라 빈민가로 들어선 시
각은 담용이 쪽방을 벗어난 뒤였다.

'어라? 갑자기 희미해졌어.'

살짝 당황한 머셔가 골목으로 들어서 한참을 걸어오다가
걸음을 멈췄다.

"왜?"

"쉿!"

"으으…… 냄새 한번 엄청 구리네."

"거 좀 조용히 하라니까."

"아, 알았어."

한참을 서서 체이서 능력을 발현시키던 머셔가 다시 움직
이더니 담용이 머물렀던 쪽방 앞에서 멈췄다.

'분명히 여긴데⋯⋯.'

구식 자물쇠가 잠긴 쪽방 문을 확인한 머셔가 헷갈리는지 두어 번 고개를 갸우뚱거렸다.

미세하긴 하지만 추적해 온 중에서 기운이 가장 강했다.

추적이 정확했다는 얘기다.

다만 여기가 거주지인지 아니면 잠시 기댔다가 떠난 곳인지 확신이 서지 않았다.

그것만큼은 도통 감이 잡히지 않았다.

'어디⋯⋯.'

한 블록을 더 걸어가 보았다.

'잠시 머물렀던 건가?'

기운이 골목 끝까지 계속 이어지고 있어서 드는 생각이었다.

'오냐, 어디든 따라가 주마.'

심기일전한 머셔의 걸음이 빨라졌다.

"어, 어? 이봐, 가, 같이 가자고."

공안을 바쁘게 만들어라

선양 베이항北行 거리에 위치한 중국은행 옆의 5층 건물.

정문 입구 벽 오른편에 '삼지연교역'이라 쓰인 세로 간판이 붙어 있다.

삼지연이라 쓰인 지명만 보더라도 이 건물이 북한과 연관되어 있음을 알 수 있었다.

이곳은 곧 북한 당국이 선양에서 외화벌이를 하는 인민들을 감시 및 독려하기 위해 마련한 사무소였던 것이다.

책임자는 인민무력부소속인 김민철이며, 계급은 대위다.

꼭대기 층인 5층이 김민철의 업무실이었다.

지금 거기서 뭔 연유 때문인지 고성이 터져 나오고 있는 중이었다.

"이런 얼간이, 쪼다 같은 간나들을 봤나! 이보라우! 고함묵이!"

"옙! 조장 동지!"

"지금 고걸 말이라고 하네!"

"조장 동지, 그럼 어캐합네까? 다층살림집(아파트) 인민들이 몽둥이를 들고 나와 입구를 틀어막고 있는데 쥐어 패고 들어갈 수는 없잖습네까?"

"뭐라? 이 쌍! 야! 고함묵!"

부하인 고함묵의 대꾸에 김민철의 너부데데한 얼굴이 붉게 물들며 목소리가 더 커졌다.

"옙!"

"동무래 지금 인민 아새끼들의 몽둥이는 겁이 나고 내 총알은 겁나지 않는다는 말이네?"

정말 쏘기라도 할 듯 허리에 찬 토카레프를 꺼내 고함묵의 이마에 겨누는 김민철이다.

이에 사색이 된 고함묵이었지만 더듬더듬 할 말은 했다.

"조, 조장 동지, 지, 진정하시라요. 고, 고론 뜻으로 한 말이 아이지 않습네까? 놈들을 잡으려문 조, 조치를 해 주셔야 할 것 같아서 말씀드리는 겁네다. 네, 기럼요."

제 딴에는 잘해 보자고 한 얘기에 총을 겨누다니.

식겁한 고함묵이 본능적으로 손바닥을 펴 이마를 가렸다.

"흥! 뭔 조치를 해 달란 말이네?"

"그기 말입네다. 공안 당국에 연락해서리 인민들을 철수시켜 달라 해 주시라요. 안 그랬다간 놈들이 어물어물하는 새에 몽땅 토껴 버릴 거란 말입네다."

"끙, 아새끼들이 그러는 이유가 뭐이야? 여태 가만히 있다가 지금 와서 난리를 쳐 대는 이유가 뭐이냔 말이네!"

"아무래도 우리들이 그동안 심하게…… 파헤친 것이 소문이 나서 그런 것 같습네다."

"무시기 소리네? 그 간나들을 찾으려면 집구석 항아리까지 거꾸로 뒤집어 봐야 하는 건 당연한 기야! 요리조리 빠져나가는 바람에 부관 동지께 올매나 종코를 먹었냔 말이네! 지금 여편네들 젖싸개까지 들춰 봐야 할 정도로 다급하다는 걸 몰라서 그러네? 엉?"

"아, 알고 있시요. 하, 하지만 저희들 힘으로는……. 인민들의 숫자가 너무 많단 말입네다. 글고 모두 중국 국적 인민들이란 말입네다."

"흐이그, 도대체 간나들이 올매나 몰려 나온기야?"

"다층살림집 인민 전부가 다 나와서 난리를 치고 있는 실정 아입네까? 아예 만초당약국에서부터 길을 틀어막고 있어서리 우리 아이들이 들어갈 엄두도 못 내고 있단 말입네다."

"끙, 니기미……. 상철 동무래 어딨어?"

"이 중위 동지는 지금 다층살림집 안으로 잠입해 들어간 상황입네다."

"오호! 누구랑 갔네?"

"오격식 동무와 같이 움직이고 있습네다."

"빌어먹. 달랑 둘이서 그 넓은 지역을 뭘 어캐 하겠다는 기야? 암튼 냄새는 확실히 맡은 거네?"

"들어가는 걸 보지 못해서리……. 동지들 말을 들어 봐도 확실하지는 않다고 했습네다. 길티만 여태껏 상철 동지가 해 온 일을 보문 뭔가 짚이는 게 있어서 그런 것 아이겠습네까?"

"흠, 그랬다면 좋겠지만……. 다층살림집이 넓은 데다 쪽수들이 너무 많아 찾기는 쉽지 않을 거이야."

"그러니끼니 울 아들이 들어갈 수 있게 공안 당국에 협조를 구해 달란 말입네다."

"야! 그게 어디 쉬운 일인 줄 아네? 그럴 때마다 내가 부관 동지께 무릎을 까이야 한다는 걸 몰라서 그러네?"

"그렇다고 다 잡아 놓은 간나들을 놓칠 수는 없잖습네까?"

"끙, 글킨 한데…… 옘병할."

"국정원 아새끼들이 눈치채기 전에 날래 잡아야 하는데…… 소관도 복장이 터집네다. 이러다가 조장 동지나 저나 교화소에 딱 가게 생겼단 말입네다."

"재수 없게시리 교화소가 여기서 왜 튀어나오네?"

"죄송합네다. 길티만 그기 아이래도 이상철 동지가 활동할 수 있겠꼬롬 시선을 끌어 줘야 할 게 아닙네까? 이러다가 남조선 아새끼들에게 들킬 수도 있단 말입네다. 지금 맘이 무지 급합네다, 조장 동지."

"아니야. 시간이 지난 만큼 지금쯤이면 국정원 아새끼도 상철 동무에 대해 눈치를 챘을 수 있어야. 아암, 바보가 아니라문 벌써 눈치채고도 남았을 거이야. 상철 동무가 반동분자 간나들을 어지간히 잡아 죽였어야 말이디. 그 정도면 함묵이 너라도 눈치 안 채갔어?"

"그, 그야……."

"거보라우, 너도 짐작하고 있잖네? 기래서 지금 일이 더 어려워진 거인지도 모르는 거이야."

"설마 벌써 개입했을 거란 말씀입네까?"

끄덕끄덕.

"기럴지도…… 아니, 틀림없을 거이야."

"아직 기런 기미는 없는 줄 압네다만……."

"동무래 아직 경험 더 해 봐야 아는 거이야. 기럼 기렇고 말고. 암튼 다층살림집 문제는 내래 알아들었으니끼니 기 정도만 하라우."

"하몬 이대로…… 기다립네까?"

"거참, 이 간나래…… 곧 연락을 줄 테니 오데 가지 말고 대기하라지 않네."

"아, 알겠습네다. 길고…… 지하에 갇혀 있는 정치 군관 동무래 날래 송환해야디 않겠습네까?"

"기래, 기 문제도 있디. 이거 골치 아프고만. 고조 탁 쥑이 삐릿스문 간단할 일을…… 끙. 괜히 살려 가지고스리 일만 만들었어야."

"그 자리에서 쥑이기는 직급이 너무 높아서리, 우리 맘대로 못 한다 말입네다."

"뭐, 선양 총군관과 같은 계급이긴 하디만, 한참 급이 다르긴 하디. 그때 체포했을 때 걍 모른 척하고 쥑였다면 누가 뭐라 하겠네?"

"길케도…… 총정치국 대좌 아닙네까? 당에서 소환하는 건 당연한 일입네다."

"길킨 하지. 총군관님에게 보고를 한 기 문제였서."

"길티요. 더구나 지금은 송환 명령 지시가 내려와서리 쥑이는 건 이미 늦었습네다."

"내래 와 그걸 모르갔어? 암튼 송환 시기는 생각 좀 해 보자우. 다층살림집 문제부터 해결하는 거이 먼저야. 길카고 남조선 아새끼들이 이 정보를 알고 있다문 눈을 벌겋게 뜨고 있을 거이니 지금은 송환할 때가 아니디."

"기렇습네다. 괜히 밖에 내났다가 놓치거나 죽기라도 하문 조장 동지나 저나 무사하지 못할 거입네다."

"기래. 길케 되문 애써 잡아 준 선양 공안국에도 면목이 없지비."

"길티요."

"내래 알았으니끼 그 일은 이제 그만하자우. 동무래 현장으로 갈 거이네?"

"일 없으문······."

"좋아, 내래 총군관 동지께 말씀드려서리 공안국의 협조를 구해 볼 거이니 가서 애쓰고 있으라우."

"알겠습······ 아! 조장 동지."

"또 와 카네?"

"평양관의 김 동무는 어캐······?"

"아, 그거이······ 모레까지는 입금하겠다고 했어야."

"하문 올매나······?"

"올매긴, 겨우 맞추는 게지."

"아, 다행입네다."

"김 동무가 애쓴 거이지."

"그나저나 갈수록 목표액을 달성하기가 어려워지니 다른 생각도 해 봐야 하지 않갈습네까?"

"안 기래도 기거 때문에 골치 아파 죽갔어. 기래서 총군관 동지와 의논해 볼 생각이야."

"조장 동지, 줄이는 건······ 어렵겠습네까?"

"이 간나래 지금 무신 소릴 하고 있는 거이야? 줄이다니!"

버럭 화를 내는 김민철의 노성에 고함묵의 목이 자라목이 됐다.

"그, 그냥 해 본 소리입네다."

"이보라우, 고함묵이. 상납액이 많아지면 많아질수록 수령 동지께서 우릴 더 우대한다는 걸 몰라서 하는 소리네?"

"아, 압네다. 그것도 잘 알고 있습네다."

"앞으로 함부로 그런 소리 하지 말라우!"

"알겠습네다!"

척!

"이, 이만 나가 보겠시요."

"수고하라우."

선양 공안국.

선양 공안국의 국장이자 랴오닝 성 국가안전부 지부장을 겸하고 있는 바오샤이는 지금 자신의 집무실에서 통화를 하고 있는 중이었다.

이곳은 공안과 국안부, 두 업무를 동시에 보는 집무실이었다.

"아, 아, 조 동지, 그건 염려하지 않아도 되오. 우리가 선동한 결과가 이제 나타나기 시작했소. 그러니까 지금 주변 도시에서 껄떡거리던 흑사회 놈들이 전부 시타가(서탑가)로 몰려들고 있는 것이 확인됐단 말이외다. 아마 늦어도 내일쯤이면 수백 명이 이상이 몰려올 것으로 아오. 그렇게 아시고 다시 연락하도록 합시다."

철컥.

바오샤이가 전화기를 내려놓는 것을 본 국안부 부지사장인 짱이가 물었다.

"지사장님, 뭐라고 합니까?"

"조상구 대좌가 똥줄이 탔구만."

"똥줄이 탔다면…… 요구하는 게 있습니까?"

"시위하고 있는 꽁휘(아파트) 인민들을 좀 치워 달라는구면."

"아, 소관도 말은 들었습니다. 시타꽁휘(서탑아파트) 거주하는 인민 전부가 동원돼서 길을 막고 있다더군요. 하지만 시위라고 보기는 어렵지 않습니까? 항의라면 또 몰라도요."

"쯧, 그렇긴 하지. 수색을 한답시고 여간 강짜를 놓고 행패를 부렸어야 말이지."

"맞습니다. 어째 같은 민족이면서 서로 못 죽여서 안달인지 정말 이해가 안 갑니다."

"쯧, 그런 해묵은 얘기를 이제 와서 하면 뭘 하나?"

바오샤이의 시선이 왼편에 서 있는 공안 간부에게로 향했다.

"판즈중 경감."

"옛, 국장님!"

공안 업무를 볼 때는 국장이라 불리는 바오샤이다. 판즈중의 직급은 2급 경감이었다.

"흑사회를 불러들인 일로 인민들에게 불미한 일이 일어나서는 안 될 것이야."

"두목급들에게 은밀히 전했으니 그런 일은 발생하지 않을 것입니다."

"반드시 그래야 하네."

"옙! 염려 마십시오."

중국의 흑사회란 홍콩의 흑사회란 조직폭력배 단체와는 달리 깡패나 양아치 들을 통틀어 일컫는 용어였다.

"그리고 시타꽁휘의 일로 고소, 고발은 없었는가?"

"웬걸요. 지금 본부에 기물 파손과 폭행에 관한 고소 고발장이 난립하고 있습니다. 이거 모른 척할 수도 없고 미룰 수도 없으니…… 당장 어찌해야 할지 모르겠습니다."

"그 문제는 기다리라고 해. 그게 우리 특기잖아?"

"그러고 있습니다만 조선족들의 민심이 흉흉해지기 전에 하루라도 빨리 해결해야 할 겁니다."

"그렇다고 밤잠을 설치면서까지 근무하고 있는 우리 애들을 동원할 수는 없잖나?"

"뭐, 그렇긴 하지요. 흑사회 애들을 불러들인 이유도 거기에 있으니까요."

그랬다.

중국 공안 측은 지금 빠오주점에서 근무하던 공안 요원들을 떼죽음시킨 범인과 실종된 송수명을 찾는 데 총동원되어 있는 터라 다른 일에 눈을 돌릴 새가 없었다.

그래서 택한 것이 깡패라 불리는 흑사회 애들을 죄다 불러서 탈북자들을 찾는 데 이용하는 방법이었다.

그리고 탈북자들을 색출해 북한에 넘기는 일 역시 중국 공안부의 중요한 업무 중 하나였기에 방금 조상구 대좌와의 통화 내용에 신경을 써야만 하는 입장이었다.

그러나 작금은 빠오주점 사건 해결을 위해 공안 요원들을 대거 동원시키고 있는 터라 인원을 빼낼 수가 없는 상황이었다.

바로 그 점이 바오샤이로 하여금 고민하게 만드는 것이었다.

"크흠, 이 일도 저 일도 죄다 지지부진하니 상부에 뭐라고 보고해야 할지 고민이군."

짱이가 말했다.

"지사장님, 빠오주점 사건에 더 집중해야 합니다. 아마 곧 상부에서 결과를 내놓으라고 할 게 분명합니다. 그러니 그 전에 가시적인 성과를 반드시 이끌어 내야 면목이 설 겁니다."

"자네 말이 맞네. 이렇게 어정쩡하게 시일을 허비하다가는 면목을 세우기는커녕 징계받기 딱 알맞아."

"그렇습니다."

'빌어먹을……'

뭔가 획기적인 성과가 없고서는 자리보전이 어려울지 모르는 일이라 바오샤이는 지푸라기라도 잡아야 하는 심정이었다.

기실 부하들 앞에서 냉정함을 유지하고는 있지만 선양을 봉쇄한 지 20일이 다가도록 용의자의 코빼기도 보지 못하다 보니 바오샤이의 지금 심경은 안달복달했다.

'코쟁이들이 빠져나가지 않은 건 분명한데 말이야.'

정말 그러했다.

선양에 있는 숙박업소를 비롯해 가가호호를 다 뒤진 작금이었으니 말이다.

'흠, 역시 그곳밖에는 없어.'

의심이 갈 만한 곳이 없는 것은 아니었다.

"짱이, 거기…… 세인트상사는 어떤가?"

"아, 그러지 않아도 카렌이라는 직원이 의심스러워 파고드는 중입니다."

"킬러와 같이 있는 영상을 찾지 못했다며?"

"그 부분은 계속해서 뒤지고 있습니다. 그러나 타오센 공항의 감시 카메라에 잡혔던 인상착의가 비록 반쪽짜리에다 희미하긴 하지만 합성해 본 결과는 카렌이 확실해 보입니다. 수염을 붙였다는 걸 감안하면 백인들 중 가장 비슷한 녀석입니다. 신장도 거의 같고요."

"쉐라톤 리도 호텔 주변의 조사는 어떻게 되어 가고 있나?"

킬러인 알렉스가 묵었던 숙소여서 묻는 말이다.

"죄송합니다. 아직 영상을 확보하지 못했습니다."

"많이 이상하지 않나?"

"예, 도무지 이해가 안 되는 사태라……."

"그래, 이해가 안 되긴 본관도 마찬가지네. 아마 누구라도 그럴 것이네."

"맞습니다. 킬러가 리도 호텔에 도착했을 당시 호텔 측도 그렇고 주변의 감시 카메라들이 모두 작동이…… 아니 엉뚱한 방향으로 틀어져 킬러가 드나드는 것조차 잡지 못했다는 것이 과연 가능한 일인지 모르겠습니다."

"전문가들은 뭐래?"

"그 점에 대해서 서면으로 보고를 드렸……."

"아, 아, 미안. 본관이 조금 바빠서 읽지 못했네. 간단하게 말해 보게."

"예, 전문가들 사이에서도 의견이 분분합니다만 두 가지로 압축되고 있습니다. 첫째는 누군가 고의로 장난을 쳤다는 것. 둘째로는 초능력자의 소행이라는 것입니다."

"본관의 생각에는 첫 번째는 가능성이 없는 같네."

"소관도 그렇게 생각합니다. 킬러가 도착하는 시간에 맞춰 누군가 동시다발적으로 감시 카메라를 틀어 버린다는 건 불가능하니까요. 그렇다고 초능력자의 짓이라는 건 더 믿을 수 없는 얘기로 들립니다만…….”

“아니네. 본관은 오히려 두 번째일 가능성에 무게를 두고 싶네.”

“예? 하지만 근거가…….”

“본관도 들은 말이 있어서 그리 판단하는 것일세. 아무튼 본관 역시 그 부분에 대해서는 좀 더 확실히 알아봐야 하는 일이라서 그 문제는 이쯤에서 끝내지.”

“두 번째일 가능성이 많다면 조금 빨리 알려 주셨으면 합니다.

“그러지. 아, 카렌이라는 자는 지금 어디 있나?”

“공장에서 근무하고 있는 것이 확인됐습니다.”

“법인장인 존슨은 사무실에 그대로 처박혀 있고?”

“예.”

“흠. 만약 카렌이 킬러를 도왔다면 존슨의 지시가 있었을 것이네. 그러니 감시를 게을리해서는 안 될 것일세.”

“명심하겠습니다.”

“그리고 노파심에서 하는 말이지만, 양국 관계가 훈풍을 타고 있는 시기이니 섣불리 건드렸다가는 본전도 못 건진다는 것을 명심하게. 확실한 증거가 없으면 곤란하단 말일세.”

“잘 알고 있습니다.”

“킬러의 정체가 미국인인 건 확실해. 세인트상사 역시 개입되어 있어. 그러니 그걸 중점으로 파고들게."

"넵!"

"판즈중 경감."

"옛!"

"이민혁 대좌는 넘어갔는가?"

"아직입니다. 아마 넘길 시기를 보고 있는 것 같은데, 탈북자들을 체포하는 일이 지지부진해서 여의치가 않은 모양입니다."

"한국 정보원들 때문인가?"

"그렇게 보고 있습니다. 놈들이 알고 있다면 한국으로서는 총정치국 간부를 얻을 수 있는 절호의 기회라 납치 계획을 세우고 있을 게 틀림없을 겁니다."

"송수명이 실종됐어도 활동에는 지장이 없다 이건가?"

"글쎄요. 소관의 생각으로는 송수명이 실종된 것을 모를 수 있다고 짐작됩니다. 뭐, 한국으로 탈출했다면 소식을 알겠지만 그렇지 않고서야……."

"한국으로 넘어갔을 수도 있다?"

"그냥 소관의 생각입니다."

"아니야, 가능한 일일 수도 있어. 사체도 없으니 감쪽같이 사라졌다면 한국에 있겠지. 다만 어떤 수단으로 거길 넘어갔냐는 건데……."

이건 자신들이 모르는 구멍이 뻥 뚫려 있다는 얘기라 그냥 넘길 일이 아니었다.

"판즈중 경감, 처음부터 다시 점검해 보게. 자네가 직접 말일세."

"옛! 책임지고 밝혀내도록 하겠습니다."

"흠, 아무튼 이 대좌를 넘기는 날짜가 정해지면 무경의 협조를 받아 말썽이 일어나지 않도록 하게."

"알겠습니다."

"그리고 내일 날이 밝는 대로 일개 중대 병력을 소집해서 시타 지역 공휘로 보내 정리하게."

"옙!"

"단 인명 피해가 생겨서는 안 되네."

"적당히 주무르는 것으로 끝내겠습니다."

"그래, 오늘 밤은 폭설까지 온다는데 애들에게 필히 우의를 갖춰 입게 하는 것은 물론 야광복과 경광봉을 지급하도록 하게."

"알겠습니다."

"수고해 주게."

자정을 갓 넘긴 선양역은 아직은 적당히 맞아도 좋을 만큼의 눈이 내리고 있었다.

간단한 손가방을 들고 선양역 앞을 배회하는 담용은 체구와 얼굴이 또 변해 있었다.

이번에는 콧수염에다 턱수염까지 수북하게 기른 중년의 얼굴에다 어디서 솜뭉치를 구해다 몸 구석구석 집어넣었는지 체구가 풍성해진 모습이다.

푸짐한 체구는 롱코트에 가려져 있는 데다 중절모를 쓰고 지팡이까지 짚고 있으니 어딘가 모르게 한가락 할 것 같은 포스가 풀풀 풍겨 나왔다.

얼핏 보기에도 마치 풍채 좋은 중년의 신사 같았고, 그 배경이 실로 만만치 않아 보였다.

괜히 검문한답시고 건드렸다간 뒤에 말썽이 일어날 것 같은 중년 신사다.

'살랑살랑 내리는 눈이 폭설로 변한단 말이지.'

지금으로서는 전혀 상상이 가지 않는 부드러운 솜사탕 같은 눈이다.

더구나 그리 추운 것 같지도 않은 데다 공기까지 맑아 기분이 더없이 상쾌했다.

하지만 옥에 티처럼 눈살을 찌푸리게 하는 장면도 있었다.

'여기도 검문이 심하네.'

타고 내리는 인원이 적지 않은 역이니 당연한 일이겠지만 그런 불편을 불평 한마디 없이 받아들이는 사람들은 으레 그러려니 하는 표정이다.

담용이야 그들과 다른 입장이라 선양역을 멀찍이서 일별하고는 우측으로 발길을 돌렸다.

뭐, 행여 불의의 사고라도 당할까 싶어 얼른 피하려는 마음도 있었다.

이유는 너는 너대로 나는 나대로의 행인과 차량 들의 통행 때문이었다.

차도와 인도를 구분하지 않는 도로는 혼잡의 극치를 보여 주고 있었다.

한마디로 각각 제멋대로인 오묘한 교통질서.

그럼에도 사고 하나 없이 용케 아슬아슬하게 비켜가고 있는 것이 신기했다.

슬쩍슬쩍 주변을 돌아보니 선양역을 비롯한 건물들이 죄다 러시아풍 일색이다.

'러일전쟁 전에 러시아 조차 지역이였다더니, 당시의 잔재가 고스란히 남아 있구나.'

딱. 딱. 딱.

지팡이를 짚어 가며 도로 우측으로 꺾어 조금 걸어가니 오늘 밤의 타깃인 선양 공안국이 눈에 들어왔다.

전체적으로 'ㄷ' 자 모양으로 된 2동의 건물로 6층과 5층으로 되어 있다.

대부분의 건물에 불이 켜져 있었고, 대낮처럼 환희 밝힌 정문은 공안 두 명이 양쪽에서 보초를 서고 있는 모습도 보였다.

오래 머물고 있다가는 혹시라도 의심을 살까 싶어 내쳐 걸음을 뗐다.

담장을 걸어가면서 입으로 읊조렸다.

'하나, 둘, 셋……'

그렇게 감시 카메라의 숫자와 위치를 뇌리에 새겼다.

선양 공안국의 담장을 따라 걸어가니 맞은편에서 공안 두 명이 걸어오는 것이 보였다.

공안국 주변을 경계하는 공안이 없을 리가 없다.

'제발 그냥 지나가라.'

이번 변장은 즉석에서 한 터라 신분증이 있을 리가 없어 조금 불안하긴 했다.

딱. 딱. 딱.

상체를 구부정하게 해서 지팡이 소리를 내며 걸어갈 때, 공안 두 명이 코앞으로 다가왔다.

그런데 다행히 한번 힐끗하고는 그냥 지나쳤다.

'운이 좋은 놈들이군.'

제발 재수 없게 청사에 있지 않길 바라는 마음으로 여전히 딱딱거리며 걸어가는 담용이다.

'흠, 이쪽은 모두 다섯 개군.'

반대편은 더 이상 관심 가질 이유가 없다. 침투로는 이쪽이 될 테니까.

슬쩍 방향을 틀어 골목으로 샌 담용이 오벨리스크처럼 높다랗게 선 전승기념탑 쪽을 향해 걸어갔다.

　기념탑 꼭대기에 탱크 한 대가 포문을 러시아로 향해 서 있었다.

　포문이 러시아 방향인 것은 러시아가 이곳 사람들을 해방시켜 준 것에 대한 감사 표시란다.

　담용이 전승기념탑 밑에서 꼭대기를 올려보았다.

　그러다가 우연인 양, 기단 아래의 각진 모서리에 아무렇게나 버려져 있는 까만 비닐봉지를 쓰레기 줍듯 주워 들었다.

　내용물의 무게 탓 때문인지 비닐은 눈바람에도 날리지 않았다.

　근처의 쓰레기통에 버리는 척하고 알맹이를 슬쩍 꺼내 주머니에 넣고 돌아서니 또다시 공안 두 명과 마주쳤다.

　씨익.

　둘 다 입가에 미소를 자아내며 담용에게 친근한 눈길을 보냈다.

　아마도 쓰레기를 주워 쓰레기통에 넣는 것이 좋아 보였나 보다.

　"크흐흠."

　어색해진 담용이 헛기침을 하며 공안을 지나쳤다.

　지팡이를 짚으며 눈이 점점 많이 쏟아지기 시작하는 거리를 지나 도착한 곳은 태원가 입구에 있는 연화각이란 전통

찻집이었다.

'후훗, 시간을 보내기에는 이만한 장소도 없지.'

아직은 일을 벌이기에 이른 시각이다.

찻집이라면 기다리기에 적당할 것 같아 선양공안국을 살펴러 가기 전에 미리 눈여겨봐 뒀던 곳이었다.

실내는 은은한 차향이 흐를 뿐, 손님 몇 사람을 제외하고는 특별할 게 없는 수수한 분위기다.

담용은 들어서는 즉시 구석진 자리로 가서 앉았다.

일부러 침침한 자리를 고른 것이다.

붉은색 바탕에 노란 꽃무늬가 장식된 치파오를 입은 여종업원이 종종걸음으로 다가왔다.

"문은 언제 닫소?"

"24시간 영업이에요."

잘됐다 싶은 마음에 주문부터 했다.

"홍차 한 주전자 주시오."

"네, 손님."

주문을 받은 여종업원이 돌아서는 것을 본 담용이 코트 주머니 속에서 까만 비닐 속에서 꺼냈던 물건을 확인했다.

'어? 뭐야?'

타이머일 것이라 짐작한 물건은 돌덩이였다.

그것도 푸르스름한 빛을 띤 옥돌로 꺼칠한 원석이다.

손바닥 반 정도의 크기.

중국에서는 흔하게 볼 수 있는 옥돌이라 누가 주워도 의심하지 않을 물건이었다.

'이런 염병…….'

코트 주머니를 다시 살펴봤지만 더 이상 나오는 것은 없었다.

'잘못 주워 온 건가? 어디……?'

옥돌을 자세히 살펴보았다.

눈여겨보지 않으면 보기 어려운 작은 글씨로 낙서처럼 휘갈긴 글귀가 있었다.

지하 1층.

폭발물이 지하 1층에 있다는 뜻이었다.

달랑 네 글자에 불과했지만 그야말로 담용이 원하던 내용이었다.

그 속에 함유된 뜻 또한 이해가 갔다.

즉, 잠입해 들어가 그걸 이용하란 의미인 것이다.

아울러 시한장치가 필요 없는 폭발물이란 뜻이기도 했다.

'쯧, 하긴 시한장치나 폭발물을 구하는 게 쉽지는 않겠지.'

독재 체제인 나라일수록 무기 관리 하나만큼은 엄격했으니 담용은 이해하고 넘어갔다.

더구나 총기류가 아닌 폭발물인 데다 도우미가 국정원 요원이라면 송수명의 실종으로 인해 지금 한창 몸을 사리고 있을 때여서 운신하기가 어려울 것이다.

그런데 군대도 아니고 치안 임무를 맡고 있는 공안국이 폭발물을 소지하고 있다는 것은 조금 의외다.

'사회주의국가라 그런가?'

사실 사회주의란 말 자체가 낯설다 보니 짐작하기 어려운 것이 적지 않다.

'뭐, 들어가 보면 알겠지.'

공안국을 폭파하려는 이유는 인명 피해가 목적이 아니었다.

여종업원이 다가오는 기척에 담용이 얼른 옥돌을 코트 주머니에 집어넣었다.

"손님, 5분 정도 우려낸 후에 드십시오."

"고맙소."

쪼로로록.

다기가 고풍스럽다.

주둥이가 심하게 꼬부라진 주전자 역시 예사로 보이지 않았다.

창밖은 점점 바람이 거세지면서 함박눈이 눈보라로 바뀌기 시작했다.

드르륵.

찻집인 연화각으로 또다시 두 명의 서양인이 머리와 어깨에 눈을 단 채 들어섰다.

예의 붉은 치파오를 입은 종업원 아가씨가 쪼르르 달려와 맞았다.

"Welcom."

"Oh! Do you speak english?"

"A little much."

"Good!"

"This way."

조금은 서툴고 짧은 어구로만 대꾸한 여종업원이 자리를 안내했다.

마음이 급했던 머셔가 여종업원의 뒤를 따르며 빠르게 입을 열었다.

물론 영어다.

"하나 물어봅시다."

"잘 못 알아들으니 천천히 말해 줄래요? 그리고 주문부터. 오케이?"

"아, 미안해요. 레드티 두 잔 주세요."

"곧 올게요."

여종원업이 돌아가더니 얼마 지나지 않아서 주전자와 다기 세트를 가지고 왔다.

"5분 후에 드세요."

"아, 알았소. 그보다 혹시 조금 전에 차를 마시고 나간 사람이 있었어요?"

"네, 있었어요, 세 사람. 누구를……?"

"혼자 온 사람."

"아! 두 사람은 동행, 한 사람은 혼자."

"혼자였던 사람이 맞소. 어떻게 생겼소?"

"모자를 썼어요. 동그란 모자요."

"나이는?"

"나이는…… 그런데 서양인 노오! 동양인!"

"동양인 맞소. 나이는?"

"글쎄요…… 쉰 살?"

"엉? 쉰 살?"

여종업원의 말에 갑자기 곤혹스러운 표정을 자아내는 머셔다.

'뭐야? 분명히 젊은이의 체취가 났는데 50대라고?'

그런데 아직도 기운이 은은하게 남아 있는 걸 보면 결코 잘못 추적해 온 건 아니었다.

아니, 빈민가에서보다 기운이 더 강한 걸로 보아 이곳을 떠난 지 1시간도 채 지나지 않은 것 같았다.

"어, 언제 나갔소?"

"2시간 정도?"

'2시간······.'

추측이 맞았다.

그런데 2시간의 간극이라면 좀 헤매야 할 것 같은 기분이 들었다.

"어디로 갔소?"

도리도리.

'쩝, 물은 내가 바보지.'

혹시 하는 마음에 그냥 물어본 거지만 여종업원이 차를 마신 손님이 어디로 가는지를 알아야 할 이유가 없다.

'젠장할. 눈은 또 왜 이리 많이 오는 거야?'

추적 능력은 감각에 의존하는 바가 컸지만 눈에 비치는 영상도 무시할 수 없을 정도로 큰 도움이 된다.

이를테면 감각이 80퍼센트, 안력이 20퍼센트의 비율이다.

머셔의 경우는 안력에 의한 추적 능력이 감각에 비해 많이 모자란 편이었다.

오늘 밤같이 폭설이 내릴 경우는 눈에 의한 의존도는 포기해야 할 정도로 지장이 많았다.

즉, 순전히 감각에 의존해 추적해야 한다는 뜻이다.

어쨌든 눈까지 내리고 있는 상황이라 더 지체할 수는 없었다.

"위버, 가자고."

"안 마시고 가?"

"지금은 그럴 시간이 없어. 나중에 많이 사 줄 테니 그때 마셔."

"약속했다."

"그래."

"히히힛."

'어휴……'

에스퍼가 아니라 혹을 하나 달고 다니는 것만 같아, 일도 하기 전에 지레 지칠 것 같은 머셔가 내심 한숨을 자아냈다.

BINDER
BOOK

침투

익일 새벽 2시경.

휘이잉.

차가운 냉기를 머금은 눈바람이 세차게 불어 댔다.

폭설이 쏟아지고 있는 선양역 광장은 그야말로 새하얀 눈이 덮이다 못해 쌓여 가고 있었다.

아니, 온 천지가 하얀 솜으로 된 푹신한 이불을 덮고 있는 듯한 정경이었다.

인적과 차량이 거짓말처럼 뚝 끊어진 거리는 고개를 떨군 가로등과 보안등만이 어둠의 보초를 서고 있었다.

마치 어디서 태고의 정적을 잠시 빌려 옮겨 놓은 듯한 정취다.

한데 심술이 났는지 전승기념탑을 빠르게 가로지르는 검은 인영 하나가 그만 태고의 정적에 흠집을 내고 말았다.

빠른 속도로 내달리던 검은 인영은 오래지 않아 선양 공안국의 담벼락과 마주한 골목 어귀에 멈추고 몸을 기댔다.

열심히 주변을 살피고 있는 인영은 바로 담용이었다.

코트와 모자, 지팡이, 가방은 어디에 팽개쳤는지 아무것도 지니지 않은 채다.

또한 전신이 까만색 쫄쫄이 야행복에 두 눈만 빠끔 나와 있었다.

야행복은 왕일문의 집 종이 박스에 준비되어 있던 것이었다.

슬쩍 뒤돌아보니 지나온 발자국이 흔적도 남기지 않고 덮여 버렸다.

'이럴 때는 폭설이 아군이나 다름없군.'

그새 덮어쓴 두건 위로 눈이 수북이 쌓일 정도로 눈이 펑펑 쏟아지는 날씨였으니 당연한 현상이었다.

거기에 발목까지 눈이 쌓이고 있었으니 추적할 만한 단서를 찾기 어려울 것이다.

'정말 많이도 쏟아지는군.'

이런 추세라면 얼마 지나지 않아서 공안이 말한 대로 50센티미터는 금방 쌓일 것 같았다.

휘이! 휘이이이-!

바람도 점점 더 거세지고 있었다.

'이거…… 심상치 않은걸.'

하늘을 올려다보니 구름층이 두껍게 내려앉았는지 우중충한 날씨다.

쉽게 그칠 눈이 아님을 누구라도 짐작할 수 있는 천색이었다.

'일단 두 개의 감시 카메라부터.'

차크라를 운기해 염력을 눈에 집중시켰다.

기실 사이코키니시스 수법은 생각의 힘이라는 뜻으로 물리적인 힘, 즉 인위적인 힘을 가하지 않고 생각과 마음으로 사물을 움직이고 통제하는 초능력이다.

하지만 담용의 경우, 생각과 마음에서 우러난 의도를 눈에 집중시키는 수법이라 엄밀한 의미에서 보면 사이코키니시스가 아니라고 할 수 있었다.

그런 차이는 동공이 움직이는 대로 의도하는 현상이 나타난다는 데서 기인하고 있었다.

어쨌든 담용이 담장 중앙 양쪽에 설치된 감시 카메라를 살짝 비틀고는 다시 한 번 도로를 한 번 살펴보았다.

너무도 조용했다.

그 즉시 도로를 빠르게 가로지른 담용은 이내 담장과 마주쳤다.

선양 공안국의 구조나 설비에 대해 아는 거라곤 없다.

오로지 고스트 트릭만 믿을 뿐.

담용이 물체를 투과하는 데 특화된 능력인 고스트 트릭을 발현시킴과 동시에 부딪치듯 다가갔다.

눈이 절로 질끈 감겼다.

쑤욱.

가장 먼저 미세한 이질감이 느껴지고 잠깐의 어둠에 이은 정적이 따랐다.

그러나 언제 그랬냐 싶게 눈앞이 환해졌다.

공안국 내의 뜰이 눈에 들어온 것이다.

정확히는 측면 뜰로 폭이 가장 좁았던 덕에 일부러 택한 장소다.

'두 대로군?'

감시 카메라 두 대를 확인하는 즉시 비틀어 버리고는 몸을 완전히 드러냈다.

스윽.

머리에 손을 얹어 보니 눈이 그대로 쌓여 있음을 알았다.

'어? 눈까지 통과돼?'

고스트 트릭 수법 때문에 간단한 색sack마저 두고 온 상태라 뜻하지 않은 아이템 하나를 건진 기분이었다.

걸친 옷이야 고스트 트릭의 가드 범위라 상관없었지만 눈까지 그대로 투과될 줄은 상상외였다.

'시한장치를 지녔어도 가능했을까?'

눈과 물체는 그 밀도 자체가 달라 단언할 수 없었지만 꼭 시험해 보리라 마음먹었다.

그사이 본관 건물 벽에 다다른 담용이 지체 없이 머리 부분만 투과시켰다.

곧 머리는 사라지고 상, 하반신만 구부정한 자세로 남은 괴이한 모습이 됐다.

누구라도 이 모습을 보게 되면 기함하고도 모자라 까무러칠 장면이다.

그렇게 괴기 영화에서나 볼 법한 장면도 잠시, 오른발이 사라지는 것을 시작으로 서서히 벽체에 잠식되듯 담용의 몸이 완전히 사라졌다.

들어선 곳은 직각으로 꺾이는 복도였고, 불만 환했지 인적 하나 없이 조용했다.

벽에 기대어 얼굴만 스윽 내밀어 본 복도는 길었고, 중앙 부분에 계단이 있는 듯 난간 끝만 보였다.

실내인 데다 외진 곳이라 그런지 감시 카메라는 보이지 않았다.

중앙 통로 쪽에만 두 대의 감시 카메라가 등진 상태로 설치되어 있을 뿐이다.

'굳이 계단을 이용할 필요는 없지.'

벽체를 그냥 통과하면 되겠지만 무엇이 나올지 어림짐작도 되지 않았다.

잠시 궁리하던 담용의 눈이 이채를 띠었다.

'이런, 바보. 내가 뭘 생각하는 거야?'

담용의 시선이 바닥으로 향했다.

바닥을 투과하면 간단한 일을 쓸데없이 고민한 격이라 머쓱해진 담용이 천장을 올려다보았다.

흔히들 건물을 지을 때, 위층과 아래층은 같은 형식으로 한다. 그러니 생각할 것도 없이 곧바로 통과하면 되겠지만 지하층이라는 것이 마음에 걸렸다.

지하층은 지상층보다 넓게 파는 것이 보통이었기에 구조가 다를 수 있기 때문이다.

살짝 고민이 됐지만 우물쭈물하고 있을 때가 아니었다.

이럴 때, 투시력이 절실했다.

하지만 투시력은 이제 겨우 얇은 나무 재질을 투과시키는 경지라 콘크리트는 어림도 없었다.

곰방대 할아버지 집에서 시도했던 투시력에 비해 아직까지 더 나아지지 않았던 것이다.

그동안 고스트 트릭 수법에 전념하느라 다른 수법은 돌아볼 겨를이 없었던 것이다.

'일단 시도해 보고 판단하자.'

바닥에 엎드린 담용이 지하층의 상황을 알아보기 위해 얼굴부터 들이밀었다.

이 짓도 습관이 되는지 처음과는 달리 망설임이 없어졌다.

그러나 뭘 발견했는지 금세 상체를 들었다.

'쳇, 배전실이었어.'

복도 아래가 배전실이라는 것은, 지상 층과 구조가 다르다는 것을 확인한 셈이다.

내려설 공간이 없을 정도로 커다란 배전기들이 빽빽하게 설치되어 있었기에 다른 장소를 찾아야 했다.

바로 코앞에 있는 벽면을 주시했다.

'여긴 사무실이겠군.'

생각할 것도 없이 또다시 얼굴부터 들이밀었다.

하지만 금세 빼내야 했다.

'이번엔 철제 캐비닛이 장애물이로군.'

담용은 지체하지 않고 바로 옆의 벽에 다시 시도했다.

그러나 금세 또 빼야 했다.

'젠장, 쉽지 않은걸.'

역시나 철제 캐비닛이 가로막고 있었던 것.

이 정도라면 벽 전체를 철제 캐비닛이 막고 있다고 봐야 했다.

물론 철제도 통과하긴 하지만 문제는 실내의 상황을 알 수 없다는 데 있었다.

복도로 나갈 수 없는 것은 감시 카메라 때문이다.

비틀고 싶어도 얼굴을 드러내는 순간 포착되기에 시도하기가 어렵다.

'깨뜨려 버릴까?'

가능했지만 그럴 만한 도구가 없었다.

'제길, 이러다가 시간만 허비하고 말겠는걸.'

그런데 어째 감시 카메라를 비틀었어도 아직까지 아무런 반응이 없다는 게 이상했다.

'조는 건가?'

아니면 한눈을 팔고 있거나 둘 중 하나일 것이다.

그럴 수도 있겠다 싶었다.

하루 종일 모니터를 쳐다보는 일이 재미있을 리가 없잖은가?

'막히면 돌아가면 될 일.'

어렵게 생각할 것은 없다.

마음이 이는 즉시 담용은 들어왔던 곳으로 다시 빠져나가 뒤뜰로 돌아가는 담벼락 모서리에서 멈춰 섰다.

휘이이잉-!

눈바람은 여전히 거셌다. 아니, 조금 전보다 더 심해진 듯했다.

냉기가 엄습해 왔지만 그걸 체감할 만큼 한가하지 않은 담용의 처지는 조금씩 조급해지고 있었다.

시간을 확인할 수도 없는 것은 고스트 트릭 때문에 시계를 두고 왔기 때문이다.

이마빡만 삐죽 내밀어 동정을 살펴 역시나 두 대의 감시 카메라를 확인하고는 얼른 내밀었던 얼굴을 뺐다.

'이거 곤란한걸.'

이곳 역시 감시 카메라를 비틀려면 얼굴을 드러내야 하는 위치라 난감했다.

밖으로 나가 뒤뜰로 진입한다면 비틀 수 있겠지만 귀찮고 성가시다는 생각이 먼저 들었다.

'그래도 그쪽이 더 안전하…… 엉?'

건물 벽 모서리에 길게 이어진 빗물받이 통이 눈에 띄었다.

손으로 흔들어 보니 플라스틱 관이지만 제법 탄탄하게 고정되어 있었다.

'할 수 없다.'

차크라를 운기해 몸을 최대한 가볍게 만든 담용이 빗물받이 통을 타고 올랐다.

'젠장, 불이 켜져 있군.'

2층 사무실에 불이 밝혀진 것을 확인한 담용이 3층으로 올랐다.

그때, 수군대는 음성이 들려와 담용의 시선이 그쪽으로 향했다.

'이런!'

사다리를 든 공안 두 명이 건물 모서리를 막 돌아 나오고 있지 않은가?

행여 발각될까 싶었던 담용이 얼른 고스트 트릭을 이용해 벽을 투과했다.

다행히 들어선 사무실은 아무도 없었고, 복도에 켜 둔 불빛만이 희미하게 스며들고 있는 상태였다.

차크라의 나디를 귀로 집중시켜 공안들이 나누는 대화를 들어 보기로 했다.

작금의 상황을 알고 움직이는 것이 낫다는 생각에서다.

"나사가 헐거워졌나 봐."

"바람 때문에 더 그래."

"에구, 추워. 얼른 고치고 들어가자고."

"담장 것도 고장이라구."

"그러니까 서둘러야지."

그 말을 끝으로 사다리를 벽에 걸치는 소리가 들렸다.

'아직은 이상 없군.'

시간을 더 이상 끌어서는 곤란함을 느낀 담용이 엎드리는 즉시 아래층으로 얼굴을 들이밀었다.

'칸막이로군.'

석고보드 재질의 천장 칸막이가 가로막고 있는 데다 미세한 틈새로 불빛까지 비치고 있어 곧 포기하고 옆 사무실로 가기 위해 걸음을 뗐다.

'어렵네.'

새삼 투시력의 중요성이 강조되는 시간임을 실감하는 담

용이다.

사무실은 한국의 경찰서와 별반 다를 것이 없는 정경이었다.

쑤욱.

'컴컴하군.'

얼른 몸을 빼낸 담용이 바닥에 엎드리고는 아래층으로 고스트 트릭을 시도했다.

'됐어.'

다행히 아래층은 컴컴했다.

망설임 없이 투과해 2층으로 내려서는 즉시 재차 고스트 트릭을 사용해 1층을 살폈다.

'제길……'

불빛이 새어 나오고 있는 것을 본 담용이 실망하며 몸을 빼내려다가 혹시 하는 마음에 석고보드에 귀를 대고 투청력을 시도했다.

'엉? 숨소리도 안 들려?'

이건 사무실이 비었다는 증거였다.

때를 놓치지 않은 담용의 몸이 미끄러지듯 스르르 사라지면서 텍스마저 투과해 1층에 내려섰다.

불빛이 훤한 사무실이었다.

하지만 당직이 잠시 자리를 비운 흔적이 역력해 재빠르게 행동에 옮겨야 했다.

사무실이라 그런지 감시 카메라는 없었다.

쓰욱.

지하층으로 머리만 내밀어진 기궤한 모습.

'이게 뭐야?'

천정 텍스는 없었지만 눈에 들어온 광경은 다름 아닌 냄새도 고약한 유치장이었다.

지하층은 구조가 많이 달라 직사각형의 꽤나 넓은 유치장은 단 하나였다.

넓이로 유치장 개수를 대체한 듯한 의도임을 알 수 있었다.

유치장은 코까지 골며 새우처럼 웅크려서 자고 있는 범죄자들로 그득 차 있었다.

저들 중 집 앞에서 치고받던 사내들이 있을지도.

담용의 시선이 철장 밖으로 향했다.

직각으로 꺾어지는 복도 모서리쯤에 의자에 앉아 끄덕끄덕 졸고 있는 공안의 모습이 들어왔다.

내려서기 전에 감시 카메라부터 살폈다.

'저기 있군.'

역시나 없을 수가 없는 유치장이라 철장 위에 박혀 있었다.

저 정도는 살짝만 비틀어도 안심할 수 있었다.

반구형이 아니라서 더 손쉽다.

자신을 얻은 담용이 감시 카메라를 슬쩍 비틀고는 거미가 줄을 타고 내려가듯 빈 공간에 사뿐히 내려섰다.

'후훗, 유치장에 갇힌 셈인가?'

평생 한 번도 이런 경험이 없었던 담용에게 새로운 기분으로 다가왔다.

생경한 감상도 잠시, 간단하게 철장을 통과한 담용이 감시 카메라를 제자리로 돌려놓았다.

유치장 안은 바람이 부는 곳이 아니었기에 비틀어지면 의심을 사기 딱 알맞아 취한 조치였다.

수마에 못 이긴 공안은 정신없이 고개를 끄덕거리고 있는 중이었다.

공안을 처리하려면 큰 복도로 나서야 했기에 직각으로 꺾인 코너에서 이마만 내놓고 동정을 살펴보았다.

'엉? 반구형 카메라?'

그야말로 젠장이다. 반구형 카메라는 부수기 전에는 답이 없다.

다행인 점은 지하에 유치장을 감시하는 공안 한 명뿐이라는 것.

'아, 휴지.'

담용이 철장 벽에 걸린 두루마리 휴지를 기억해 내고는 얼른 뜯었다.

아마도 유치장 사람들이 변기를 이용할 때 사용하는 용도인 것 같았다.

벽과 벽을 무차별 투과해 갈 수도 있지만 생각했던 것보다 훨씬 넓은 지하층인 데다 양쪽으로 창고가 나열되어 있는 구조라 복도를 건너야 하는 것은 필수였다.

아울러 어디에 폭발물이 있을지 한참을 헤매야 할 것 같은 기분이다.

얼핏 본 것이지만 출입문 팻말에 간자체로 ○-12, ○-13, 이런 식의 숫자로 표기되어 있어 뭐가 뭔지 알 수가 없었다.

번거롭지만 일단 막아 놓고 마음대로 돌아다닐 작정을 했다.

통제 센터의 공안이 온다고 하더라도 단순히 휴지가 날려 막힌 것뿐이라고 여길 것이니 발각될 위험도 없다.

'그나저나 가능할지 모르겠군.'

눈으로 주시할 수가 없어 순전히 예측만으로 감시 카메라에 휴지를 덮어씌워야 하는 고난도 기술이 필요했다.

거리까지 멀어 더 어려운 면이 있었지만 달리 방법이 없다.

'고난도의 기술이라면 고도의 집중력을 발휘하면 돼.'

대충 감으로 위치를 예측한 담용의 손에서 휴지가 느릿한 속도로 허공을 부유하며 나아갔다.

차크라를 있는 대로 끌어올린 담용의 집중력도 덩달아 최고조로 발휘됐다.

잠시간의 정적이 흐르자, 담용의 표정에 실망의 기색이 어렸다.

'빗나갔어.'

보지 않아도 감으로 알 수 있는 일이었다.

그제야 고스트 트릭이 만능이 아님을 실감하는 담용이다.

'할 수 없다. 이쪽 창고부터 뒤져 보고 없다면 그때 가서 생각해 보자.'

반구형 감시 카메라는 한참 졸고 있는 공안조차도 손을 쓰지 못하게 했다.

'뭐, 조심하는 수밖에 없지.'

벽을 투과하려는 찰나, 퍼뜩 뇌리를 스치며 떠오르는 것이 있어 우뚝 멈췄다.

'아! 내가 왜 그걸 생각 못 했지?'

다름 아닌 나디의 활용이었다.

나디는 감이 아닌 차크라와 담용의 뇌를 연동시켜 주는 연결 고리라 할 수 있어 가능할 것도 같았다.

담용은 다시 한 번 시도하기 위해 휴지를 여섯 칸 정도 길이로 뜯고는 차크라를 운기해 나디를 일으켰다.

이어 적당히 달아올랐다고 여긴 그는 나디를 생성시켜 휴지 조각에 심은 뒤 허공으로 띄웠다.

'가라.'

마음속으로 반구형 감시 카메라를 연상하며 명령어를 읊

었다.

휴지 조각이 마치 명령을 알아듣기라도 한 듯 모퉁이를 돌아 유유히 나아갔다.

역시나 나디는 담용을 배반하지 않아 얼마 지나지 않아서 그의 뇌리로 반구형 감시 카메라를 휴지가 감싸는 영상이 그려졌다.

'됐어!'

내심 환호하며 성큼 공안에게로 다가갔다.

'푹 주무시게.'

전두엽 부위를 살짝 건드렸다가 뗐다.

인체에 미치는 영향은 없지만 잠에서 깬 후 무얼 보더라도 기억을 하지 못할 것이다.

이유는 전두엽에 나디를 심어 놨기 때문이다.

당연히 나디의 효력이 다하면 기억은 정상적으로 돌아온다.

무엇이 됐든 정신 계열의 수법은 상대방의 심신이 약해졌을 때, 비로소 효과를 발휘한다.

이를테면 심신이 미약한 상태인 술에 취했거나, 잠에 곯아떨어졌거나 또는 마약에 취했을 때다.

나디를 이용해 전두엽을 일시적으로 살짝 위축시키는 것은 이번이 두 번째였다.

백성열이 S호텔에서 투숙할 때, 직업여성에게 시도했던

것이 첫 번째로, 역시나 깊이 잠들도록 한 것이 아니다.

전두엽이 추리 능력과 계획력 그리고 기억력과 문제 해결력을 관장하는 부위라 퇴화되거나 위축되게 되면 오히려 잠을 잘 자지 못하게 된다.

즉, 꿈자리가 사납듯이 충분한 수면을 하지 못한 나머지 머리가 띵해지는 것이다.

설사 눈앞의 상황을 봤다고 하더라도 잠시 놀라 당황할 뿐, 얼마 지나지 않아서 곧 기억에서 사라지기에 담용으로서는 안심하고 움직일 수 있었다.

대폭발

'이제 시작해 볼까?'

마음을 가다듬고 가장 가까운, 즉 복도 좌측 창고 문 앞에 서서 보니 여닫이가 아닌 미닫이문이다.

그런데 재질이 철제인 데다 엄청 컸다.

담용의 표정이 진중해졌다.

이어 차크라를 운기해 나디를 전신에 골고루 안배하고 는 신체를 고스트 트릭 수법에 적합하게 최적화되도록 만들었다.

이렇듯 신중한 것은 철제문이기도 했지만 창고 안으로 진입할 때 어떤 물체와 접촉할지 몰라서였다.

출입문이라고 해서 방심해서는 곤란했기에 신중한 것이

다.

쑤우욱.

이번에는 머리가 아닌 오른발부터 진입했다.

발끝에 조금은 딱딱하다 싶은 물체가 느껴지자 발을 빼고는 한 걸음 옆으로 이동해 다시 집어넣었다.

물체가 느껴지지 않는 걸 감지한 담용의 몸이 솜뭉치에 물기가 스며들듯 사라졌다.

들어서자마자 투청력을 발휘한 담용의 시선에 잡힌 것은 무기고였다.

그런데 출입문이 여러 개라 개별 창고일 것으로 여겼는데 뻥 뚫려 있지 않은가?

게다가 상상 밖으로 엄청 넓었다.

'건물 두 동을 합한 면적보다 넓은 것 같은데?'

그 안에 각종 무기들이 가지런히 세워져 있거나 포개져 있으니 얼마나 많은 수량일지 상상이 됐다.

'헐, 당장 전쟁이라도 할 셈인가?'

그도 그럴 것이 권총과 소총을 비롯해 크고 작은 대공 무기와 수류탄에 이르기까지 그 종류도 다양했던 것이다.

게다가 척 봐도 구식이 아닌 신형 무기로, 포장도 뜯지 않은 박스들이 수두룩하게 쌓여 있다.

미사일만 없다 뿐이지 1개 연대가 전쟁을 치러도 모자라지 않을 것 같았다.

전쟁을 할 속셈이 아니라면 공안국에까지 이렇게 쌓아 놓을 이유가 없다.

'쩝, 정말 엄청나구나.'

가져갈 수만 있다면 몽땅 가져가고 싶었다.

그러나 욕심일 뿐이다.

담용은 이렇게 쌓아 놓은 이유를 대충 짐작할 수 있었다.

'주적이 미국이라는 뜻이지.'

혹자는 중국과 미국의 거리가 멀어 '설마 주적일 리가?' 하는 사람도 있을 것이나 이는 엄연한 사실이다.

중국은 미국이 자신의 턱밑에 와 있다고 여기고 있으며 또한 이를 심각하게 받아들여 동북 방면에 집중적으로 군대를 배치하고 있는 실정이었다.

그 이유는 다른 데 있지 않다.

바로 일본이 후방 보급기지이자 전진기지임과 동시에 한국을 교두보라 여기기 때문이다.

중국의 스물네 개 군구 중 무려 절반에 가까운 열한 개 군구가 동북 지역에 몰려 있다는 것이 그 증거다.

그중에서도 특히 동북 3성인 지린 성(길림성), 랴오닝 성(요령성), 헤이룽장 성(흑룡강성)에 편중적으로 쏠려 있다.

여차하면 신속히 무장해 투입시킨다는 전략의 일환으로, 전방(?)이나 매한가지인 선양 공안국에 무기를 보관하고 있는 것이다.

무기고라서 그런지 들어설 때도 느낀 것이지만 퀴퀴한 냄새도 없고 습기도 없는 것 같았다.

이로 보아 통풍 시설을 제대로 갖춘 것 같았다.

'이걸 파괴시키면 제법 타격을 받겠는걸.'

무기를 감상할 새도 없이 성큼성큼 걸으며 폭발물로 보이는 물체를 찾기 시작했다.

하지만 이내 실망하고 말았다.

맞은편 벽에 도달할 때까지 무기와 탄약만 가득했지 수류탄 종류 외에는 발견할 수 없었다.

'뭐야? 수류탄을 두고 한 말이었나?'

그럴 리가?

자폭하라는 것도 아니고.

아니라면 탄알을 쌓아 놓고?

어느 세월에 탄알 하나하나를 까서 화약을 추출한단 말인가?

'제기랄.'

아직 복도 건너편의 창고가 있어 희망이 사라지지는 않았지만 상식적으로 생각해 봐도 공안국 지하에 위험천만한 폭발물을 적재해 놓는 어리석은 짓 따위는 그 누구라도 하지 않을 것 같다는 생각이 드는 담용이었다.

'어쩌면 그렇게라도 해야 할지도…….'

탄알 하나하나 까발려서 화약을 만드는 일을 말함이다.

담용은 미련 없이 돌아섰다.

다음 희망지(?)인 복도 건너의 창고로 가기 위해 고스트 트릭 수법을 이용해 벽을 통과했다.

복도는 여전히 조용했지만 반구형 감시 카메라를 가려 놓은 이상 시간은 그의 편이 아니었다.

통제 센터의 공안이 이를 놓칠 리가 만무하지 않은가?

쑤욱.

철제문을 통과하니 눈으로 확인하기도 전에 코로 먼저 확 끼쳐 드는 냄새에 절로 눈살이 찡그러졌다.

'석탄 냄새?'

금세 알아차릴 수 있는, 그리 낯설지 않은 냄새에 담용이 돌아보니 이곳 역시 칸막이가 없는 창고였고 넓이도 유사했다.

다만 내용물만 달랐다.

'뭐야, 이게?'

크고 작은 잡다한 기계들이 두서없이 흐트러지고 처박혀 있는 창고 안은 발 디딜 곳이 없을 정도로 지저분했다.

무기 창고와는 전혀 상반된 모습에 담용이 내심 한숨을 자아냈다.

'탄광용 도구들인가?'

발치에 작은 쇠바퀴가 달린 커다란 원통형의 기계에 'Tippler'라는 영어가 양각되어 있었다.

'티플러?'

술꾼? 술고래? 술집 주인?

그럴 리가 있나?

모양 자체가 술과는 거리가 먼 기계다.

'아, 석탄을 걸러 내는 기계가?'

탄광에 대해 공부한 바가 없는 담용이 기계장치의 용도를 알기에는 무리가 있었지만 대충이나마 짐작은 할 수 있었다.

허리를 굽혀 기계 사이에 끼어 있는 이물질을 검지로 찍어 보니 시커멓다.

역시 굳은 석탄 가루였다.

공안국 지하에 대량의 무기 창고가 있는 것도 상식 밖의 일이었지만 탄광 도구를 보관해 놓았다는 건 그보다 더 의외였다.

하지만 한편으로 이해할 수 있는 부분은 있었다.

바로 탄광이다.

그것도 선양에만 40여 곳의 탄광이 성업 중이라는 것.

더불어 공안국 지하에 탄광 도구가 있다는 것도 이해가 갔다.

공안이 하는 임무가 사회질서 유지와 범죄 예방 등도 있지만 기업을 감시하고 지원하는 등의 임무도 동시에 수행하고 있었기 때문이다.

당연히 현재 탄광이 주 수입원인 선양으로서는 공안국 지하에 각종 탄광 도구들을 보관하고 있는 것을 이상한 일이라 할 수는 없었다.

사회주의국가만의 특징이다.

'제길, 여긴 있을 것 같지 않은데……'

그래도 기왕에 들어섰으니 끝까지 돌아볼 심산에 한 걸음 씩 천천히 내디뎠다.

'저건 환풍기……. 무지하게 크네.'

다음은 원통형의 기계에 모터까지 달려 있는 데다 쇠줄 이 감긴 것으로 보아 물건을 이동시키는 호이스트(권양기) 같 았다.

그렇게 대충 눈에 들어오는 굵직굵직한 기계들만 건성 으로 살피며 끝까지 인내한 담용은 마침내 끝 지점에 다다 랐다.

졸고 있는 공안과 유치장이 있는 지점이다.

한데 이곳만은 제법 깔끔하게 정리되어 있는 것이 이상해 살펴보니 모서리 벽에 천막으로 뭔가를 덮어 놓은 것이 보 였다.

'웬 천막?'

재질이 거친 걸 보니 폐기한 군용 천막을 이용한 것 같았 다.

'갈탄이라도 쌓아 놓은 건가?'

슬쩍 젖혀 보니 켜켜이 쌓인 나무 상자들이 벽면의 천장까지 닿아 있는 것이 아닌가?

'뭐지?'

나무 상자에 새겨진 글귀가 흐릿해서 안력을 더 돋워 살펴보던 담용의 안색이 확 변했다.

'헛! 다, 다이너마이트!'

눈을 두어 번 껌뻑거린 담용이 재차 살펴보았지만 분명히 그렇게 쓰여 있었다.

Dynamite

'하! 이걸 말하는 것이었나?'

눈앞의 폭발물은 탄광용 다이너마이트였다.

'누군지는 모르지만 정보 하나는 제대로 가져왔군.'

갑자기 정보원의 정체가 궁금해졌다.

'아참, 뇌관!'

뇌관이 없으면 다이너마이트를 찾았어도 헛일이다.

망설이고 자시고 할 것 없는 담용이 천막을 확 잡아당겨 완전히 벗겨 버렸다.

'그렇지, 없을 수가 없지.'

입매를 묘하게 비튼 담용이 별도로 보관된 나무 상자 하나를 들어냈다.

못으로 단단히 봉인해 놓은 나무 상자를 어린애 팔목 비트는 식으로 손쉽게 연 담용의 손길은 거침이 없었다.

먼저 다이너마이트 연결선, 즉 도화선이 감긴 도르래부터 꺼냈다.

이어 창고의 길이를 가늠해 본 담용이 세 개를 더 꺼냈다.

'창고마다 두 개씩이면 차고 넘치겠군.'

특전사 출신인 담용으로서는 제법 손에 익은 폭발물이라 두려움 같은 것은 없었다.

이번에는 뇌관을 꺼내려던 담용이 멈칫하더니 얼굴을 대 번 일그러뜨렸다.

'이런, 멍청이! 오늘 내가 왜 이러지?'

뇌관과 도화선으로 뭘 하겠다는 말인가?

공안국 밖으로 가져갈 수도 없는데.

터뜨리려면 당연한 것 아닌가?

'후욱, 정신 차리자.'

자폭하려는 것이 아니라면 필요도 없는 물건을 가지고 담 용이 습관처럼 행동한 것에 자책하며 심호흡을 했다.

'침착하자. 침착. 침착.'

이렇게 되면 고전적인 방법밖에 없다.

서부 영화에서나 볼 법한 장면, 즉 다이너마이트 가루를 바닥에 깔아 도화선을 대신하는 방식이었다.

그야말로 고전적인 방식.

하지만 여간 주의하지 않으면 안 된다.

다이너마이트가 니트로글리세린이 주원료이기에 그렇다.

니트로글리세린은 원래 액체다.

즉 외부의 힘에 예민하게 반응하는 물질이란 뜻이다.

그 폭발력 또한 상상을 초월할 정도로 강력했다.

다이너마이트는 니트로글리세린을 규조토에 흡수시킴으로써 조금 더 안전하게 취급할 수 있게 한 것이 전부다.

고로 극히 위험한 물질임에는 변함이 없다.

다행히 달랑 다이너마이트만 지니고 있을 때를 가정해 실습을 해 본 경험이 있는 담용이라 다루는 데는 지장이 없었다.

조심만 하면 되는 일이다.

'서둘러야겠어.'

굳이 시간을 확인하지 않더라도 많이 지체되었음을 모르지 않았다.

항상 염두에 두고 있는 상태였으니까.

지금은 당장이라도 통제 센터의 요원이 달려온다고 해도 하등 이상하지 않은 상황이다.

담용은 당황하지 않고 침착하려 애썼다.

'그나저나 상자째로 들고 고스트 트릭으로 벽을 투과할 수 있을지 의문이군.'

시도해 보면 알 일.

우물쭈물할 시간이 없다.

그러나 먼저 창고 간의 시간 차부터 계산해야 했다.

'흠.'

잠시 턱을 괴고 생각을 하던 담용이 행동에 들어갔다.

차크라를 운기한 담용이 다이너마이트가 든 상자 다섯 개를 한꺼번에 들어 올리고는 벽을 투과하기 위해 고스트 트릭 수법을 최고조로 발현시켰다.

스윽.

오른발부터 내밀었다.

여기까지는 이상이 없었다.

고스트 트릭을 최대한으로 발현시키느라 그런지 담용의 얼굴이 대번 붉게 물들었다.

고스트 트릭의 영향권이 상자에까지 미치도록 하기 위해서는 나디와 더불어 염동역장까지 운용해야 했기에 그럴 수밖에 없었다.

담용 나름의 최선을 다한 노력이었다.

이 정도면 됐다고 판단됐을 때, 조심스럽게 가슴에 안은 상자를 벽에 갖다 댔다.

툭.

역시나 우려한 대로 벽에 걸리고 말았다.

운용량이 미치지 못한 결과다.

'이익!'

차크라를 더 끌어올렸다.

우우웅.

몸속에서 차크라가 몸부림을 쳐 대고 두껍게 변한 나디가 전신을 감싸는 느낌이 전해지는 순간이었다.

쑥!

'헉!'

갑자기 허공을 통과하는 것처럼 벽을 그대로 투과해 버리는 통에 하마터면 넘어질 뻔한 담용의 시선에 복도가 나타났다.

'후우, 가능하구나.'

어쨌든 한 가지 더 알게 됐다.

지니고 있는 물체의 중량이 클수록 나디의 강도가 더해져야 한다는 것을.

부피의 정도는 그다음의 숙제로 미룬 담용이 다시 창고로 진입했다.

무기고의 벽은 한 번의 시행착오로 충분했다.

유치장과 접해 있는 지점에 다이너마이트를 내려놓고는 몇 상자를 뜯었다.

한 상자는 아예 엎어 버리고 나머지는 하나씩 뜯어 바닥에 금을 긋듯 길게 뿌려 놓고는 다시 건너갔다.

그렇게 두 번, 세 번, 네 번 왕복하다 보니 심장의 박동 수가 엄청나게 빨라졌다.

쿵쿵쿵쿵…….

심장박동이 급박해진만큼 점점 지쳐 가고 있음이다.

하지만 아직도 할 일은 태산.

또다시 무기고 중앙 지점에 스무 상자를 가져다 옮기고는 가루를 뿌렸다.

'후우, 후우.'

나디의 대량 소모로 차크라의 소진이 급속도로 빨라지면서 이제는 호흡까지 가빠졌다.

비례해 심장박동 수가 더 빨라지면서 가슴의 기복이 눈에 띌 정도로 오르내렸다.

그렇다고 한가하게 적진 한가운데서 가부좌를 틀고 앉아 차크라를 보충하고 있을 수는 없었다.

'조금만 더 힘내자.'

마인드컨트롤로 스스로에게 최면을 걸었다.

이제 계단 입구 쪽에다 마지막 스무 상자만 옮기면 된다.

'이이익!'

이제는 벽을 투과하는 게 처음보다 배나 더 힘들었다.

후들후들.

두 다리가 사시나무처럼 떨어 댔다.

'후욱! 후욱! 훅훅!'

가슴이 터질 듯이 심장이 벌떡거렸다.

투과하는 것도 힘들었지만 다이너마이트 상자를 바닥에 내려놓는 것도 힘들었다.

약간의 충격만 가해도 폭발하는 물질이기에 여간 조심스럽게 다루지 않으면 안 되었다.

고로 끝까지 힘을 들여야 하는 일.

'후아, 후아, 이렇게 힘들어 보기도 오랜만인 것 같네.'

성질은 다르지만 군 시절의 생존학 훈련만큼 힘들었다.

어쨌거나 시작이 있으면 끝이 있는 법.

그렇게 한없이 반복되던 무기고의 일이 끝났다.

하지만 쉬고 있을 수는 없는 일.

'후우욱. 후우욱.'

서너 번의 심호흡으로 조금이나마 가슴의 기복을 다스린 담용이 다시 움직였다.

'탄광 도구 창고를 폭파시키면 그 여파가 더 크겠지?'

아직도 다이너마이트의 양이 많이 남아 있는 도구 창고를 생각하면 당연한 일이었다.

폭발의 여파를 최대한으로 키워 공안이 탈북자들에게 신경 쓸 겨를이 없도록 하려면 반드시 해야 할 일.

쑤욱.

다시 복도로 나섰다.

한데 그때다.

하필이면 저벅거리는 발소리가 나면서 공안 두 명이 때를 맞춰 계단을 내려서고 있는 것이 아닌가?

세 사람의 눈이 딱 마주쳤다.

"허억! 누, 누구야?"

"치, 침입자……."

난데없이 웬 시커먼 사내가 눈앞에 있으니 두 공안은 일시에 입이 얼어붙었다.

사다리를 든 걸로 보아 담장에 설치된 감시 카메라를 보수하던 공안들인 것 같았다.

두 공안이 잠시 멈칫하는 사이 담용이 먼저 반응했다.

고무줄이 늘어지듯 앞장선 공안의 목을 향해 가차 없는 주먹질이 가해졌다.

"컥!"

짧은 외마디 비명과 동시에 목이 부러진 공안이 힘없이 주저앉았다.

그와 동시에 그림자처럼 다가선 담용의 강력한 무릎 타격에 '뻐걱' 하고 사다리를 든 공안의 척추가 부서지는 소리가 났다.

비명이나 고통을 느낄 새도 없이 허물어지는 사다리를 든 공안이다.

털썩. 철커덕.

'젠장.'

기분이 썩 좋지 않았던 담용이 곧바로 돌아섰다.

쓰러진 공안을 보고 싶지 않아서다.

돌아서는 즉시 탄광 도구 창고로 들어섰다.

역시 맨몸이 나무 상자를 들지 않았을 때보다 훨씬 투과하기가 쉽다.

하지만 지치기는 마찬가지인 건 누적된 피로에 이유가 있었다.

'탈출할 수 있을지 모르겠군.'

마지막 나디까지 짜내야 가능할 것 같다는 생각이 들었다.

남은 차크라가 얼마나 되는지는 알 수 없다.

하지만 뇌리에서 경종을 울리고 있음은 느낌으로 알 수 있었다.

'갇힐 수는 없지.'

공안 두 명을 처치하다 보니 오히려 불안하던 마음도 없어지고 시간도 번 셈이 됐지만 담용의 행동은 더 빨라졌다.

빠른 걸음으로 상자를 반대편 벽 쪽으로 옮겼다.

그렇게 네 번을 왕복한 후, 이번에는 중앙에다 스무 상자를 옮겨 놓고는 뜯었다.

이번에는 가루를 지그재그로 뿌렸다.

당연히 상자 하나씩은 아예 엎어서 가루를 서로 연결되게 했다.

지그재그로 뿌린 이유는 건너편 창고에 점화시키고 탈출할 때까지 타들어 가는 시간을 계산한 때문이었다.

폭발 시간까지는 대략 10분 정도?

그 안에 빠져나감과 동시에 안전지대까지 벗어나야 한다.

'후아, 다 됐군.'

이제 불만 댕기면 된다.

당연히 라이터나 성냥은 없다.

팍!

담용의 엄지와 검지 사이에 불이 생성됐다.

파이로키네시스의 능력.

불을 다이너마이트 가루에 갖다 대자, 대번에 '치치칙' 하는 소리와 함께 새파란 불꽃이 확 피었다가 사그라지더니 타들어 가기 시작했다.

'헐, 뭐가 이리 빨라?'

의외로 맹렬한 속도로 타들어 가는 것을 본 담용도 덩달아 급해져 무기고로 이동했다.

역시나 가루를 파이로키네시스로 점화시키고는 무기 상자들을 딛고 올라섰다.

쑤우욱.

1층으로 올라선 담용이 그대로 뒤뜰로 향하는 벽으로 향했다.

"헉. 헉. 헉."

호흡이 갈수록 거칠어졌다.

염동역장까지 펼치느라 무리에 무리를 거듭한 탓이었다.

우뚝.

벽을 앞에 두고 마지막 차크라를 끌어 올리기 위해 젖 먹던 힘까지 짜냈다.

　우웅. 우우웅.

　차크라가 발악하듯 요동을 치는 것이 또렷이 느껴졌다.

　한편으로는 경고이기도 했다.

　더 이상 건드리면 진원이 손상된다는 경고다.

　'그래, 미안하다.'

　하지만 어쩌랴?

　이래도 죽고 저래도 죽을 바에야 차크라에 죽음을 맡기는 것이 폭발에 갈기갈기 찢기는 것보다 낫다.

　나디를 생성시켰다.

　생성은 됐지만 흐물흐물 힘이 없는 것 같다.

　형체가 없으니 그렇게 느껴질 뿐이다.

　쑤욱.

　이물질의 촉감이 매끄럽지가 못한 기분이 들었지만 빠져나오긴 했다.

　하지만 가까스로 투과한 것 같아 기분이 찝찝했다.

　꼭 시멘트 가루가 묻은 것 같은 느낌.

　바깥은 그사이 폭설로 변해 눈이 무릎 어름까지 찼다.

　이미 감시 카메라에 노출된 상태.

　하나 곧 폭발할 것이기에 걱정할 필요는 없다.

　잠시 후면 건물은 물론 통제 센터까지 남아나지 않을 테니까.

아니, 다이너마이트의 양으로 보아 공안국 주변이 초토화 될지도 모른다.

그나마 한 가지 위안이 되는 점은 다이너마이트의 양이 많은 탄광 도구 창고가 공안국 마당 쪽에 위치해 있다는 것 이다.

즉, 공안국 후미에 밀집해 있는 건물의 피해를 최소화되기 를 바라는 마음이라는 것.

'너무 지쳤어.'

신속히 폭발 반경을 벗어나야 하는 상황이었지만 문제는 앞이 가물거릴 정도로 지쳐 있다는 점이었다.

차크라가 소진되니 강인하던 신체도 비례해 녹초가 된 지 이미 오래다.

이대로 투과했다가는 담장에 갇힐지도 모른다는 생각이 강하게 들었다.

뇌리도 그렇게 노골적으로 경고하고 있었다.

그 때문에 선뜻 실행하기가 주저됐다.

상체만 빠져나오고 하체는 담장 안에 있는 기형적인 모습 을 상상해 보라.

이 얼마나 끔찍한 모습인가?

'이거 시간이 없는데…….'

시간은 이제 얼마 없는데, 만만치 않은 높이의 담장이 철 벽같이 느껴졌다.

족히 3미터는 될 법했다.

처적처적.

뜀박질로 담장을 넘기 위해 뒤로 몇 발짝 물러섰다.

쌓인 눈이 방해가 됐지만 이것저것 따질 겨를이 없다.

이제야말로 정말 마지막 젖 먹던 힘까지 짜낼 때라 여겨 누가 듣거나 말거나 한껏 기합성을 내질렀다.

"하아합!"

다다다다…… . 파팟!

힘껏 내달린 끝에 바닥을 박찼다.

터억!

다행히 담장 끝에 손이 닿았고 뛰어오던 탄력을 한껏 이용해 몇 번 버둥거린 끝에 기어코 마지막 기회를 살리고는 빨래처럼 축 늘어졌다.

"후아아ㅡ! 후아!"

숨이 턱 밑에까지 차올랐지만 지금은 성취감이 더 농도가 짙었다.

이제는 더 이상 움직일 기력이 없었다.

그때다.

"침입자다! 비상! 비상!"

뒤뜰 감시 카메라에 잡혔는지 기어코 사달이 났다.

뿌웅. 뿌웅. 뿌웅…… .

소리도 이상한 비상 사이렌까지.

"끄응."

용을 쓴 끝에 추락하듯 담장 밖으로 내동댕이쳐졌다.

철퍼덕!

눈이 쌓여서 그런지 충격은 없었지만 기어이 발각되고 말았다.

뒷문을 열고 나오면 잡히는 건 시간문제라 뽈뽈 기어서라도 벗어나야 했다.

"끄으응."

다행히 폭설과 차가운 공기가 정신을 돌아오게 했는지 힘이 조금 났다.

젖 먹던 시절의 힘이 아직 남았었나?

그러나 내달릴 정도는 아니고 그냥 어기적거리는 걸음이다.

그렇게 움직일 수 있다는 것만 해도 감지덕지다.

도로 모퉁이의 빌딩을 막 돌았을 때, 철컹하고 공안국 뒷문이 열리는 소리가 천둥처럼 귀에 박혔다.

"저쪽이다! 쫓아가!"

'염병…….'

폭설이라지만 아직 채 묻히지 않은 자국이 추적의 흔적이 됐다.

"헉헉헉……."

이제 정말 더 이상 움직일 기력이 없다.

벽에 기댄 채 서 있는 것조차도 벅찼다.

정신도 혼몽해졌다.

기력이 소진된 탓에 오관이 닫히는지 사각거리며 추적해 오는 공안들의 웅성거리는 소리도 점점 멀어져 갔다.

기름이 다한 등잔불의 심정이 이럴까?

'너무 무리였나?'

간단하게 생각했던 건 아니었지만 결국 무리였다는 결론이다.

그놈의 감시 카메라만 아니었으면…….

차라리 한 명씩 처리해 가면서 했어야 했나 하는 생각이 이제야 들었다.

이외에도 오만 가지 생각이 주마등처럼 지나갔다.

그 위로 오버랩된 것은 사랑스러운 동생들이 자아내는 갖가지 표정이었다.

막내 담민이는 환한 웃음을, 혜인이는 뭐가 그리도 좋은지 팔짝팔짝, 담수는 덤덤함 눈빛, 혜린이는 푸근한 미소를, 정인은 정이 듬뿍 담긴 눈길을 보내고 있었다.

'미안해. 모두…… 보고 싶을 거야.'

그렇게 인사할 수밖에 없는 처지가 됐다.

최형만 차장의 모습도 보인다.

'쿠쿡, 전…… 최선을 다했다고요.'

그 외에도 인연이 됐던 사람들이 파노라마처럼 빠르게 흘러 지나쳐 갔다.

제어할 수 없는 기운이 눈을 감기고, 다리를 굽히게 만들었다.

스르르.

주저앉는 중에도 귓가에 뭔가 미끄러지는 소음이 들렸다.

'삼도천이 지척에 있었던가?'

희미해지는 기억의 끝에 드는 생각은 저승의 강, 삼도천이었다.

그때, '틱' 하고 가슴을 잡아채는 압박감이 느껴졌다.

삶의 끝자락을 알리는 회광반조 같은 기운이 솟으면서 반응하듯 눈이 번쩍 뜨였다.

"뭐시양이오."

'아……'

눈이 감기고 목소리도 나오지 않았지만 무뚝뚝한 음성만은 또렷이 들렸다.

곧 몸이 들리고 뭔가에 태워졌다는 느낌이 들었다.

기계음이 나지만 냉기가 여전한 걸로 보아 차 안은 아니다.

부웅. 부우우우웅-!

차가운 폭설이 안면에 강하게 부딪치는 바람에 정신이 조금 들었다.

'설상차……'

느낌은 그랬다.

설상차라니.

시베리아나 알레스카도 아닌데, 이해가 가지 않았다.

설상차가 출발하는 것과 때를 같이 하여 엄청난 폭발음이 고막을 먹먹하게 만들었다.

쾅!

첫 번째 폭발음이 울리고 좌우로 몸이 마구 흔들렸다.

콰쾅! 콰콰콰쾅ㅡ!

유폭까지 이어지면서 어느새 날아든 대량의 파편이 '후두 둑' 소리를 내며 떨어졌다.

툭, 투툭.

몇 개의 파편이 등에 닿는 느낌을 마지막으로 담용은 정신 을 놓았다.

폭발의 여파로 인해 정신 줄은 놓은 것은 담용만이 아니었다.

쾅ㅡ! 콰콰쾅!

"헉! 뭐, 뭐야!"

"어헉!"

에스퍼의 기운을 따라 공안국 근처의 전승기념탑에서 얼 쩡거리던 머셔와 위버가 엄청난 굉음에 '뜨헉' 해서는 눈을 있는 대로 치켜뜨고 쳐다보니 시뻘건 불기둥이 치솟는 것이 아닌가?

"저, 저, 저……."

"머셔! 포, 폭발이다!"

쾅릉! 콰르릉!

불기둥에 이어 천둥소리가 들린다 싶더니 먼지구름이 쓰나미가 되어 몰려오는 것이 아닌가?

재난이 곧장 닥쳐옴을 알리는 하울링이었다.

"머셔! 피, 피해! 후폭풍이야!"

"Fuck(씨발)! 이미 늦었어!"

와르르르. 콰콰콰콰…….

소리만으로도 심상치 않은 무지막지한 먼지 폭풍이 덮쳐오는 광경에 머셔가 지레 포기하고는 넋을 놓았다.

워낙 속도가 빠른 것도 그렇지만 범위가 너무 넓어 당장 몸을 숨길 곳도 벗어날 방도도 없어서였다.

"Damn it(빌어먹을)!"

하지만 포기하지 않은 위버의 입에서는 괴성 같은 기합성이 터져 나왔다.

"으아압!"

순간, 위버의 몸에서 아지랑이 같은 투명한 막이 생성되더니 전신을 휘감았다.

"이봐! 정신 차려!"

벼락같이 고함을 지른 위버가 머셔의 어깻죽지를 사정없

이 낚아채고는 전승기념탑 아래로 순간 이동을 하듯 쏜살같이 내달아 몸을 내던졌다.

위버의 숨겨진 능력이 드러나는 순간이었다.

츠츠츠츠……

전광석화와도 같은 속도로 전승기념탑 기단 부분에 구겨지듯 처박히는 찰나, 난마같이 사납게 변해 버린 강력한 먼지 폭풍이 사방을 휩쓴 것은 순식간이었다.

그러나 그 짧은 틈조차 그냥 놓치지 않은 파편 조각들이 이미 두 사람을 후려친 후였다.

"악!"

"으아아……!"

쿠쿠쿠쿠…… 쿠쿵. 쿵쿵.

두 사람의 몸뚱이가 처박혔을 때, 급기야 하늘 높이 치솟았던 뿌리째 뽑힌 아름드리 고목들과 단박에 파괴되어 버린 건물들의 잔해가 소름 끼치는 소음을 내며 바닥을 마구 두드려 댔다.

'쿵', '쿵' 하는 소음이 들릴 때마다 머셔와 위버의 심장은 바짝 쪼그라들었다.

재수 없으면 한순간에 오징어포가 될 수 있어서였다.

머나먼 중국 땅에서 어이없는 객사라니!

날벼락도 이런 날벼락이 없었다.

"으으으……."

"크으……."

파편에 얻어맞은 부위에 극심한 통증이 찾아들자, 절로 신음을 흘리는 머셔와 위버였다.

"비, 빌어먹을. 굉음을 듣는 즉시 강력한 사이킥 맨틀을 펼쳤는데도 이 정도 위력이라니……. 어이! 괜찮아?"

"으으…… 괘, 괜찮을 리가 있겠나?"

"어딜 다쳤어?"

"바, 발목에 뭐가 박혔나 보다. 엄청 아파."

"제길, 내 사이킥 맨틀을 뚫다니……. 어때, 견딜 만해?"

"아니. 하지만 지금 당장은 못 벗어나."

"아니 왜?"

"하늘로 치솟은 작은 파편들이 아직 안 내려왔어. 그러니 함부로 벗어났다가는 큰일 나."

"염병. 혹시 핵이 폭발한 건 아니겠지?"

"푸헐, 핵폭발이었다면 우린 이미 녹아 버렸을 거다."

"하긴 섬광이나 방사선 구름은 없는 것 같다."

먼지로 자욱해진 허공을 올려다보던 위버가 다시 물었다.

"그럼 뭐가 터진 거야? 냄새를 맡아 봐."

"다이너마이트 같다."

"뭐? 다이너마이트라고?"

"그래, 냄새가 딱 그거야."

"하긴 냄새로 감응하고 추적하는 건 네 주특기 중 하나이니 틀릴 리가 없지. 근데 얼마나 많은 양이 터졌기에……. 주변 건물이 죄다 작살난 것 같다."

"적어도 1톤은 될 것 같다."

"엉? 그게 뭔 말이야?"

"다이너마이트 1톤을 터뜨렸을 때의 폭발력은 되어야 이 정도의 반응이 나오거든."

"엉? 다이너마이트 1톤이 터진 거라고?"

"아마도."

"으아! 다이너마이트가 이 정돈데 핵폭발은 대체 어느 정도라는 거야?"

"핵폭발의 경우는 대략 7천 톤에서 1만 8천 톤 정도의 위력이지."

"젠장. 그렇게 말하니 감이 안 잡히잖아?"

"위버, 과거 우리 나라가 일본 히로시마에 투하됐던 핵폭탄인 리틀보이의 폭발력이 1만 5천 톤이라고 보면 상상이 될 거다."

"으아…… 만 5천 배의 위력이라고?"

"응."

"헐! 정말 어마무시하네."

그때, '후둑', '후두두둑' 하는 소음이 드리면서 파편들이 쏟아져 내리기 시작했다.

"이제야 떨어지네. 몸을 더 구겨 넣어."

투툭. 투투툭.

"이크!"

발치로 떨어지는 무수한 파편들이 튀면서 전신을 때려 오자, 위버가 황급히 사이킥 맨틀을 펼쳤다.

팅팅. 팅팅팅…….

한동안 방탄유리에 튕기는 듯한 소음이 계속됐다.

"역시 머셔로군. 나 혼자 왔었다면 저걸 고스란히 다 맞았을 거다."

"넌 사이킥 맨틀로 막으면 되잖아?"

"히힛, 그런가?"

하지만 불행히도 폭발의 여파는 거기서 끝나지 않았다.

쩌적! 쩌저저저…….

"헉! 이건 또 뭔 소리야?"

"위, 위다!"

머셔와 위버의 머리가 들렸다.

"허억!"

"으아! 타, 탑이 무너진다."

두 사람이 혼비백산할 때, '쿠쿵' 하는 소리와 동시에 오벨리스크 같던 전승기념탑의 허리가 뚝 부러지면서 서서히 기울었다.

"지랄! 되는 게 없네."

"어서 피하기나 해! 저건 내 사이킥 맨틀로는 못 막아!"

와다다다닥.

끼기기긱. 쾅-!

"으으…… 데스 메신저death massenger(저승사자)가 한참을 노려보고 간 기분인 것 같지 않냐?"

"그래, 나도 기분이 더럽다. 빨리 여길 벗어나는 게 신상에 이롭겠다."

"추적은?"

"나중에 하자고. 지금은 딱 오해받기 십상이라 당장 빠져나가는 게 좋아."

"오해? 무슨 오해?"

"치나 놈들이 우리가 한 짓이라고 덤터기 씌울 수도 있어서 그래."

그러지 않아도 빠오주점의 킬러가 미국 출신일 것으로 추측하고 있는 상황이라 폭발 현장에서 꾸물거려서 좋을 것은 없었다.

"에이, 말도 안 돼."

"말이 되든 안 되든 우선 여길 벗어나서 얘기하자."

"그, 그러지 뭐."

하마터면 곤죽이 될 뻔했던 머셔와 위버는 망신창이가 되어 서둘러 현장을 떠났다.

그러나 움직임으로 보아 크게 다친 것 같지는 않았다.

기연

"뭐, 뭐라고! 공안국이 폭발했다고!"

빠오주점의 떼죽음 때처럼 첫새벽에 자다가 전화를 받은 바오샤이가 난데없는 보고에 자리를 박차면서 격앙된 목소리를 토해 냈다.

"어느 동이야?"

－소관이 연락을 받은 즉시 달려와 보니 두 개 동이 거의 완파된 상태였습니다.

"와, 와, 완파됐다고?"

－예, 빨리 와 보셔야겠습니다.

"그보다 원인이 뭔지는 알아냈나?"

원인을 물어봤지만 바오샤이는 짐작 가는 것이 있었다.

바로 지하에 쌓아 둔 다이너마이트다.

그것 외에는 공안국이 완파될 정도로 폭발할 것이 없다.

—아직 아무것도…….. 불길이 주변 건물로까지 번질 정도로 거세서 접근도 못 하고 있는 실정입니다.

"허어, 불까지?"

바오샤이는 눈을 질끈 감고 말았다.

'끝났군.'

50년 인생이 끝나는 소리였다.

하지만 끝날 때 끝나더라도 조치부터 해야 했다.

"인명 피해는?"

—다행히 한밤중인 데다 폭설까지 내린 탓에 지나는 사람들이 없어 인명 피해는 많지 않습니다.

'폭설!'

좌르르륵.

커텐을 젖혀 밖을 보니 아직도 눈이 내리고 있었다.

폭설이라고 하기에는 약했지만 그래도 많은 양의 눈이다.

"근무하던 직원들이 있었을 것 아닌가?"

—그것도 아직…… 하지만 지금 비상 연락망을 통해 파악 중이니 곧 알 수 있을 겁니다.

"다른 건 제쳐 두고 인명 피해부터 파악하게."

—알겠습니다.

"구급차 상황은 어떤가?"

－연락을 했지만 아직 도착하지 않고 있습니다. 폭설로 인해 도로가 엉망인 상태라⋯⋯.

"으음."

바오샤이가 침음을 삼킬 때, 부인이 정복과 외투 그리고 정모를 가져왔다.

"잠시만 전화를 끊지 말고 대기하게."

부인의 도움을 받아 급히 옷을 걸친 바오샤이가 물었다.

"판 경감, 폭발 반경은 얼마나 되나?"

－폭발의 여파로 전승기념탑이 기울고 후미의 빌딩들이 엉망으로 부서진 상탭니다.

"선양역은?"

－확인 중입니다만 외양으로 보아 괜찮은 것 같습니다.

'금이 갔겠지.'

그만한 양의 다이너마이트라면 진동 폭이 커 영향을 받지 않을 수가 없다.

"알았네. 지금 부상자들은 어떻게 하고 있나?"

－대책이 없습니다. 다만 주변 인민들에게 협조를 구해 담요만 덮어 주고 있는 실정입니다.

"이런, 얼빠진⋯⋯. 얼어 죽이려고 그러나? 지금 전시 상황에 준하는 사태란 말이다! 그렇게 어물거리고 있을 때가 아니야!"

점잖던 바오샤이의 말투가 거칠어지기 시작했다.

"이 시간부로 근처에 있는 한인 교회를 징발한다! 부상자들을 당장 그리로 인도하고 불을 있는 대로 태우라고 해! 알았나?"

-옙!

"짱이 부지사장은?"

-지금 달려오고 있는 중입니다.

"크흠, 10분이면 도착하니 그때까지 정신 바짝 차려!"

-아, 알겠습니다.

공안국 폭발 사태로 인해 선양시가 패닉 상태에 빠져들고 있을 때, 담용은 예의 빈민가의 집으로 옮겨져 여전히 깨어나지 못하고 있었다.

그러나 몸은 늘어져 있지만 뇌리는 의식 저 너머로 건너가 익히 보아 왔지만 여전히 생경한 누군가와 만나고 있었다.

거기에는 나이를 짐작하기 어려운 노인이 결가부좌를 틀고 앉아 있었다.

머리카락 한 올 없는 민머리에 주름살이 자글자글하다.

무저갱인 양, 움푹 파인 볼품없는 볼우물이 심연의 바다와도 같고 말간 눈빛이 살아 숨 쉬는 노인이었다.

그 아래 자리 잡은 입술이 점점 벌어지다가 멈춘 모습은 현자賢者를 넘어 인자仁慈로 완성됐다.

언제나 흐릿하던 모습이 오늘은 그렇게 또렷이 다가왔다.

-누구십니까?

물었지만 그저 미소만 내보였다.

그저 매일 무의식 속에서 꾸는 꿈인가?

언제나 꿈은 허망할 뿐이지만 이번은 좀 달랐다.

그래서 다시 물었다.

-제가 어찌 대하면 좋겠습니까?

이번에는 입술이 조금 모여 어딘가 흐뭇해하는 미소로 바뀌었다.

당신은 어찌하여 혼몽한 의식 속에서만 마주치는 것입니까?

또 예의 그 미소만 띤다.

아무리 뜯어봐도 인연이라곤 없는 노인.

'혹시 내가 지닌 신비한 능력의 원천이 노인으로 인해서인가?'

그것이 아니라면 해답이 없다.

그렇게 서로가 한없이 바라보며 눈과 눈으로 마음과 마음으로 대화를 나누는 사이 격한 공간에 사랑과 평화라는 꽃봉오리가 맺혔다.

서서히 개화하던 꽃봉오리가 마침내 완전히 개화했다.

그때, 노인이 가지런히 모았던 두 손을 활짝 펴더니 지루하다 싶을 정도로 천천히 원을 그렸다.

그 모습에 눈만 꿈벅꿈벅할 뿐인 담용.

별안간 전신이 찬물에 샤워하듯 시원해지면서 마음까지 청량해졌다.

그런 기분에 심취해 있는 사이 시간이 흘렀다.

은은한 미소를 지어 보이는 것으로 청량감이 희미해지면서 점점 사라졌다.

ㅡ뭘 하신 거죠?

물었지만 대답이 없다.

대신 돌아온 것은 손을 내젓는 모습이다.

'아, 이제 그만 가길 바라나 보다.'

자애로운 미소가 여전한 걸 보면 귀찮아서가 아닌 것 같다.

'헤어질 시간이 된 건가?'

꾸벅 인사라도 하려니 마음같이 말을 듣지 않는 몸이다.

ㅡ안녕히 계십시오.

그것이 신호였는지 의식 저 너머의 혼몽이 끊기면서 다시 꿈속으로 돌아왔다.

담용이 천신만고 끝에 본 얼굴은 차크라의 정화를 내준 두 쉬얀단이었다.

하지만 담용은 그를 알아보지 못하고 의문만 남긴 채, 이번 '연緣'을 끝내고 말았다.

'어?'

갑자기 회음혈 부위가 불을 지핀 듯이 뜨끈해진다 싶더니 불끈 솟아올랐다.

회음혈 부위란 바른 자세로 앉을 때 바닥에 닿는 부분이다.

'물라다?'

전에 없던 생경한 용어가 자신도 모르게 읊조려졌다.

'아, 첫 번째 차크라.'

혼몽 중임에도 비로소 제대로 된 공부에 접어들었음을 알았다.

기회라는 생각에 조바심이 나면서 숨이 거칠어졌다.

이어지는 용어.

'만트라 훔.'

이 역시 생소하긴 마찬가지.

이번에는 생식선이 꿈틀하면서 아려 왔다.

그런데 몸이 느끼는 반응과는 달리 마음에 평안이 찾아들었다.

곧이어 장부가 깨끗해지는 기분에 몸도 안정을 찾았다.

찰나간에 이어진 신체 내의 변화가 신기했다.

자동적으로 또 하나의 낯선 용어가 읊조려졌다.

'얀트라.'

네 개의 짙은 빨강 꽃잎이 보였다.

이제는 그러려니 하는 또 다른 용어.

'쿤달리니.'

이어 찌르레기 같은 소리가 들리더니 육체가 재탄생의 길을 트면서 동시에 영성이 열렸다.

'스바디스타나.'

두 번째 차크라다.

이번에는 하복부 즉 단전이 꿈틀했다.

'민트라 메.'

오장육부가 시원하게 청소된 느낌이다.

여섯 개 연한 빨간색 꽃잎이 만개했다.

부활한 차크라가 육체로 전이해 잉태되면서 또 하나의 관문이 나타났다.

'마니프라.'

세 번째 차크라에 배꼽 위 중완혈이 단잠에서 깬 듯 동요를 일으켰다.

힘이 충만해지는 느낌이다.

'만트라 반.'

순간, 손이 델 듯한 뜨거운 기운이 단전에서부터 백회혈까지 섬광과도 같은 속도로 꿰뚫어 버렸다.

절로 '헛' 하는 신음이 흘러나왔지만 실체의 담용은 미간도 찌푸리지 않았다.

꿈속 너머에서 노닐기 때문이다.

'태양총!'

외마디 끝에 피어난 것은 만개한 주홍색의 꽃.

그것도 열 개씩이나 됐다.

뎅. 뎅. 뎅…….

둔중한 종소리가 기혈을 타통시키며 단전에서 백회혈까지 태양총의 길을 답습했다.

'쿤달리니…….'

자아의 성찰이 완성됐다.

그러자 영성이 열리면서 네 번째 차크라의 관문이 모습을 드러냈다.

'아나하타.'

퉁. 퉁. 퉁…….

심장에 연결된 모든 기관이 단련되면서 튼튼해졌다.

동시에 파랑도 녹색도 아닌 그 중간색의 열두 개 꽃잎이 개화했다.

쿤달리니가 통과하면서 잔잔한 감동의 음률이 흘렀다.

'플루트?'

연상하기 전에 절로 나오는 악기 명칭이다.

순발력이 완성됐다.

이어 '바슈다'의 관문 다섯 번째 차크라.

순수처럼 해맑다.

'만트라 마.'

파랑도 아닌 것이 녹색도 아닌 것이 그 중간 색깔의 열여섯 개 꽃잎의 탄생이다.

개미 기어가는 소리가 들릴 정도로 귀가 훤히 뚫렸다.

사자의 포효가 뒤따랐다.

크르릉!

깜짝 놀란 끝에 쿤달리니가 영성을 성장시키면서 내외를 가리지 않고 수도 없이 넘나들고 있을 즈음 아스라이 먼 곳에서 급속도로 다가드는 관문 하나.

'여섯 번째 차크라인가?'

몸을 관조하며 경건한 마음으로 맞을 채비를 했다.

한데 그때다.

'벌컥' 하고 문을 여는 소리가 천둥이 되어 귀청을 때리는 순간, 심념이 온데간데없이 사라져 버렸다.

난데없는 방해꾼은 좀처럼 오지 않을 기연을 무산시켜 버렸다.

'아—!'

여섯 번째 차크라의 문을 앞두고 흐트러져 버린 아쉬움의 잔재가 긴 여운으로 이어졌다.

아! 언제 또 이런 기연이……

찰나, 머리가 산산이 바스러지는 듯한 고통이 엄습해 왔다.

벽을 넘어갔으니 돌아올 때도 벽을 넘어야 하는 건 당연한 이치라 고통이 없을 수 없다.

'으윽!'

극고의 고통이 현실을 일깨웠다.

번쩍.

절로 눈이 뜨였다.

'응?'

호리호리한 사내가 막 방으로 들어서는 모습이 잡혔다.

손에는 신문이 들려 있었다.

사정을 알기 위해 재빨리 눈을 감았다.

얼핏 본 실내는 눈에 익었다.

'어떻게 여기에…….'

빈민가의 방이었다.

기억을 더듬어 보았다.

선양 공항, 식당, 빈민가, 탈북자, 폭설, 공안국, 찻집, 침
투, 살인, 폭발, 뤄시양, 설상차…….

거기까지가 뇌리에 남아 있는 전부였다.

'무사했구나.'

방금 들어온 이자가 자신을 구해 준 뤄시양이라는 정보원
일 것이다.

감사해야 할 일이라 모른 체 눈을 감고 있을 수 없었다.

'컨디션이 왜 이리 좋은 거지?'

전에 없이 머리가 상쾌하고 기운도 충만했다.

마치 한 단계 업그레이드된 기분이자, 두껍게 덮고 있던 껍질을 탈피한 기분이랄까…….

진원이 크게 손상된 것치고는 의외로 힘이 넘쳤다.

차크라를 살짝 운기해 보았다.

와르르르…….

'허걱.'

깜짝 놀란 담용이 얼른 운기를 멈췄다.

'이, 이게 어, 어떻게 된 거지?'

용틀임이라니!

회음혈에서 시작된 차크라가 순식간에 단전으로 차고 올라 지진을 일으키다니!

그것도 엄청 거센 녀석이었다.

'이거…….'

원인이 없지 않다고 여긴 담용이 자신의 뇌리에 막연한 영상으로 남아 있는 기억을 끄집어내려다가 참았다.

형언할 수 없을 정도로 궁금했지만 바로 옆에 사람을 두고 행할 수 있는 일이 아니었다.

추후 시간을 두고 천천히 그리고 세밀하게 확인해 봐야 될 일이었다.

'일단 감사 인사부터 하자.'

목숨을 구해 준 이가 아니던가?

눈을 떴다.

그러자 대번에 들려오는 굵직한 목소리.

"정신이 드오?"

"아······."

자신의 이름을 뤄시양이라고 했던 사내의 음성이다.

인민복을 현대 스타일로 개량한 상의에 전체적으로 날카로운 인상의 사내.

"다행이오."

"뤄시양?"

"하핫, 그렇소. 내가 뤄시양이오."

휴대폰으로 통화할 때는 무뚝뚝한 사람일 거라고 여겼는데 직접 대해 보니 그건 아닌 것 같다.

뭐, 말투가 무뚝뚝해도 일만 잘하면 상관없는 담용이다.

날만 새면 볼 사이도 아니니 말이다.

뤄시양 역시 그 나름대로 고충이 있었다.

회사에서 한 얘기로는 자신보다 높은 직급의 요원이 갈 테니 대우를 하라고 했다.

그런데 막상 대하고 보니 이건 핏덩이가 아닌가?

적어도 자신과는 열댓 살 차이는 날 것 같은 애송이였다.

막냇동생뻘도 안 되는 급파 요원.

그래서 존대를 하기도 하대를 하기도 애매해 택한 것이 반존대였다.

뭐, 그게 싫으면 자신도 어쩔 수 없다.

다행히 어린 나이치고는 변죽이 좋은 것 같은 예감이라 다행이었다.

　"3일 만에 깨어났소."

　"예? 사, 삼 일이 지났다고요?"

　그 말에 담용이 벌떡 일어났다.

　"아, 아, 그대로 누워 있으시오. 그렇게 급하게 움직이면……."

　"아, 저는 괜찮습니다. 지금은 움직일 만합니다. 그런데 정말 3일이 지났습니까?"

　"맞소. 정확히는 3일 하고도 음……."

　뤄시양이 시계를 확인했다.

　"지금이 오전 9시니 7시간이 더 지난 셈이오."

　"으음, 그렇게나……."

　잠시 단잠을 자다가 깨어난 것처럼 말짱한 정신인데 시간이 그렇게 많이 지났다니!

　쉬 믿기지 않는 담용이다.

　어찌 됐든 인사부터 하는 것이 순서였다.

　"제 목숨을 구해 주셨군요."

　"하하핫, 당연히 할 일이었소."

　"연유야 어찌 됐든 감사를 드려야 할 일이지요."

　"하핫. 뭐, 굳이 그래야 마음이 편하다면야……."

　"고맙다는 말로는 부족하겠지만 목숨을 구해 준 은혜는 꼭

갚겠습니다."

"그렇게까지 할 필요 없소. 그 말 한마디만으로도 충분하니까요."

"당장이야 어렵지만 차차로 갚겠습니다. 이름을 가르쳐줘야 하는 게 도리겠지만 규정상……."

"그건 이쪽도 마찬가지니 그냥 넘어갑시다. 회사 규정을 어기는 것도 못 할 짓이니 말이오."

송수명이 중국 국가안전부에 노출된 후 국정원의 규정이 더 강화되어 공적이든 사적이든 요원들 간에 깊이 묻지 못하게 되어 있었다.

"그런데 어떻게 그 시간에 거길……."

"이상할 것 없소. 거기에 동원된 인원만 아홉 명이었으니 찾지 못하는 게 이상하지요."

"예? 아홉 명이라니요? 지금 도, 동료들을 말하는 겁니까?"

"그렇소."

"요원들입니까?"

"당연하지요."

역시 짐작한 대로였다.

"하면 정보원들을……."

절레절레.

"송 지부장이 그렇게 된 이후로 이쪽 정보원들과는 일절 연락을 끊고 잠적했소."

"아!"

"원래부터 선양에 요원이 그렇게 많았습니까?"

"아니오. 지원이 있었소. 흑룡강성에서 두 명, 길림성에서 세 명 그리고 이곳 선양은 지휘소라 나를 포함해 네 명이 나섰소."

본시 선양에 송수명까지 다섯 명이었다는 얘기.

"모두들 저 때문에……."

하마터면 전 요원들을 위험에 빠뜨릴 뻔했다는 생각에 담용은 무지하게 미안한 마음이 들었다.

"천만에요. 본국에서 지시를 받은 이후부터 각오하고 있었던 일이니 그렇게 생각할 것 없소."

"그래도…… 다들 무사하십니까?"

"탈출로를 예상해 팔방에서 대기만 하고 있었던 건데 위험할 일이 뭐가 있었겠소?"

'엉? 이거…… 내가 잠입하는 걸 봤다는 얘기잖아?'

그런데 그렇게 여기기에는 너무 태연해 보였다.

그래도 이 문제는 확인이 필요했다.

"잠입할 때부터 지켜봤습니까?"

"내게 잠입 시간을 2시라고 했소. 그래서 우리 나름대로 계산한 탈출 시각이 새벽 2시 30분 이후였으니…… 정작 긴장하면서 주시하게 된 건 그 시각부터였소."

보지 못했다는 얘기다.

'다행이군.'

"그런데 얼핏 본 기억이지만 설상차를 본 것 같은데요?"

"맞소. 여긴 산악 지대가 많소. 그래서 겨울이면 눈이 허리까지 쌓이는 때가 종종 있어서 설상차를 교통수단으로 이용하고 있다오."

"설상차가 아니었으면 큰일 날 뻔했습니다."

폭발 반경에 휩쓸릴 뻔했다는 뜻.

"폭설이 내릴 거라는 일기예보가 있었지만 정말로 날씨가 그렇게 될지는 우리도 의문이었소. 일기예보가 확실하지 않을 때가 가끔 있어서 믿지 않는 마음이 더 컸다오."

'중국이 아직은 그렇지.'

"예전에 없던 변덕스러운 날씨이긴 하지만 열흘 전만 해도 이렇게 기온이 급강하할 것이라고는 생각도 못 했으니 말이오. 당연히 기상청의 예보도 없었소. 그래도 혹시나 해서 준비해 본 것인데, 그게 신의 한 수만큼 탁월한 선택이었을 줄 누가 알았겠소? 하하핫."

말끝에 크게 웃어젖히던 뤄시양이 말을 이었다.

"사실은…… 솔직히 말해 기대하지 않았었소."

"뭘 말입니까?"

"공안국을 폭파하는 일 말이오."

"아!"

"뭐, 공안국의 위치를 묻고 또 폭발물을 요구하기에 대충 짐작하긴 했지만 요원들 사이에 의견이 분분했었소."

"……?"

"우리가 내린 결론은 공안의 시선을 완전히 돌릴 작정이라면 고작 담장만 폭파하지는 않을 것이라는 의견이었소. 그렇게 결론을 내릴 수 있었던 데에는 회사에서 보내 준 정보가 많이 참작됐소."

"회사에서 뭐라고 했습니까?"

"매우 유능한 요원이라면서 지원을 아끼지 말라고 했소."

"그거요. 부풀려진 겁니다."

"하핫, 결과는 부풀린 게 들어맞았다고 보오."

"후훗. 그래서요?"

"그래서 우리는 공안국에 잠입해 들어가 폭파할 거라고 봤소. 그때부터 살아서 탈출할 만분의 일을 위해 구출 작전을 세웠던 거라오."

'쩝, 그 만에 하나가 맞아떨어졌기에 망정이지…….'

듣고 나니 탈출 부분이 어정쩡해 조금 떨떠름하기는 했다.

"아무튼 모두들 놀랐다오. 처음부터 끝까지…… 지금도 그 많은 감시 카메라를 뚫고 어떻게 잠입했는지 요원들 간에 의견이 분분하다오. 심지어 내기까지 벌어졌소, 하하핫."

"요행이었습니다."

"별말씀을요. 혹시라도 정보가 샐까 싶어 달랑 '지하 1층'

이란 문구만 적었음에도 눈치를 채는 센스도 놀랍소."

"아참, 거기 다이너마이트가 있다는 건 어떻게 안 겁니까?"

"하핫, 선양에 거의 쉰 개에 가까운 탄광이 있소. 그걸 관리하고 지도, 감독하는 관청이 바로 공안국이오. 관리 품목 중 1순위가 다이너마이트 같은 폭발물이니 조금만 관심을 가져도 알 수 있는 거요."

"아, 그래서……."

"아무튼 그동안 공안국이 눈엣가시 같았었는데 속이 뻥 뚫릴 정도로 시원하오. 동료들도 감탄했는지 하나같이 엄지를 척하고 내세웁디다. 정말 대단하오이다, 하하핫."

'훗, 괜찮았다니 다행이군.'

죽을 고비에 직면했었다는 점만 뺀다면.

그러나 지금 그게 중요한 것이 아니었다.

무엇보다 애초에 목적했던 바가 이루어졌는지가 궁금했다.

더는 칭찬의 말을 사양하고 싶기도 했던 담용이 얼른 입을 뗐다.

"그보다 공안들의 시선은 좀 돌려졌습니까?"

"하하핫, 돌려지다마다. 선양은 지금 갑호비상사태에 직면해 있소. 방송에는 연일 테러니 관리 부주의니 인재니 불가항력이었느니 하는 말들로 설왕설래하며 떠들썩하다오.

여기…….”

뤼시양이 신문을 들어 보였다.

“아까 조금 들여다본 내용으로는 어제저녁에 공안변방국에서 후칭들이 급파됐다고 하오.”

“후칭? 그게 뭐죠?”

“아, 무경武警을 말하는 거요.”

‘무경? 무장경찰인가?’

글자 그대로 해석하면 맞다.

“공안과 차이가 있습니까?”

“하핫, 완전히 다르오. 이름이야 중국인민무장경찰부대라지만, 원래 전신이 공안 부대라 군대나 다름없소. 복장도 공안은 경찰복을 입지만 무경은 군복인 것만 봐도 그 성격을 알 수 있소.”

“일종의 스와트군요.”

“뭐, 비슷하긴 한데…… 그보다 좀 더 강력하다고 보면 되오. 오죽하면 무경들의 근무지가 변방에 주로 몰려 있겠소? 특히 동북 3성 많이 몰려 있다오.”

중국 정부가 소수민족들을 믿지 않는다는 말과 다름없게 들렸다.

“아직 시내에 나가 보지 않아 모르겠지만, 아마 쫙 깔렸을 거요. 그러니 당분간은 움직이지 않는 게 좋소.”

“급한 일만 없다면요.”

"현재 선양에는 무경뿐만 아니라 공안부 수장인 저우캉은 물론 그 엉덩이 무거운 국가안전부 부부장이자 1급감독인 만웬빈까지 와 있다오."

얼핏 들어도 이름값이 대단한 사람들인 것 같다.

하지만 그게 뭐?

"그들이 온 게 큰일이라도 되는 겁니까?"

"태생적인 측면에서 선양을 생각하면 당연히 큰일에 속하고도 남소. 또 그 두 사람이 매스컴이란 매스컴은 죄다 달고 올 정도면, 이번 일이 얼마나 큰일인지 알 만하지 않소?"

끄덕끄덕.

담용도 선양에 대해 아는 것이 조금 있었기에 고개를 끄덕이며 수긍했다.

한족으로서는 그들이 오랑캐라 치부하는 청나라의 첫 수도인 선양인 데다 지금까지도 이민족, 즉 변방의 소수민족들이 주로 거주하며 세를 이루고 있는 지역이다.

그래서 정책 등 모든 분야에서 백안시하는 측면이 있었다.

'그런데 이 양반이 밥은 좀 안 주나?'

갑자기 허기가 몰려오면서 드는 생각이었다.

3일이 넘게 굶었으니 오죽 배가 고플까?

어쩐 일인지 희한하게도 다른 무엇도 먹고 싶지 않고 쌀밥과 김치가 먹고 싶었다.

결국 원초적 본능을 이기지 못한 담용이 염치 불고하고 입을 열었다.

"저기 밥 남은 거 있으면 좀······."

활동 자금을 마련하라

우걱우걱.

쩝쩝쩝.

배가 등짝에 들러붙을 정도로 허기가 졌던 담용은 볼이 터지도록 집어넣고는 마구 씹어 댔다.

뤄시양이 죽을 준비해 놨었지만 굳이 고집을 부려 쌀밥과 김치로 배를 채우고 있는 중이었다.

그런데 뤄시양에게서 무슨 말을 들었는지 담용이 부지런히 움직이던 손을 뚝 멈췄다.

"에? 서탑가 아파트에 숨어 있다는 소문이 트릭이었다고요?"

"뭐, 완전한 트릭은 아니오. 몸이 재빠른 사람 세 명은 거기에 숨어 있으니 말이오."

"하면 그 많은 사람들이 어디에 머물고 있는 겁니까?"

"안전을 위해 서너 군데 흩어져 있소. 심지어 안가도 개방해 머물게 했다오."

이 말은 향후 안전 가옥을 폐기해야 한다는 의미이기도 했다.

"하지만 선양이 넓다고 해도 공안이 포상금을 건 데다 깡패들까지 동원됐다면 곧 발각되지 않겠습니까?"

"그 때문에 고민을 했었소만 이번 폭발 사고 때문에 깡패 새끼들 역시 꿈쩍 못 하고 있을 게 빤하니, 본의 아니게 시간을 벌었다고 할 수 있소."

"공안과 짜고 치는 고스톱이라면서요?"

"아, 무경들이 검문에 가세했다면 얘기가 달라지오. 지휘 체계가 다른 만큼 공안이 깡패들과 공모했다면 무경과도 파토가 날 게 빤하오. 아마도 무경은 독자적으로 움직일 걸로 보이오."

아디까지나 가능성이란 얘기.

그렇지만 공안국의 폭발 사고로 인해 잠시나마 안전해진 상태라는 것은 틀린 말이 아닐 것이다.

여기서 담용은 무엇보다 인명 피해가 얼마나 되는지 궁금했다.

사실 대재앙급은 아니더라도 그 피해가 막심할 것이 자명

할 것이다.

그래도 우선 하던 이야기를 마무리하기 위해 물었다.

"코리아타운이라면 조선족들이 탈북자들을 도와주지 않습니까?"

"당연히 도와주는 사람들이 있긴 하오만, 지금은 공안들의 눈이 워낙 살벌해서 선뜻 나서는 사람이 별로 없소. 그리고 말이 코리아타운이지 기실 한국과 북한 그리고 재중 동포가 뒤섞여 있는 터라, 누굴 믿어야 할지 모른다는 어려운 점이 있소."

"재중 동포라면……?"

"아, 옛날에 만주로 이주해 와 살던 조선족을 그렇게 부르오."

"하면 동포가 도와주고 싶어도 나서지 못하는 상황이라면 발각되는 건 시간문제라는 얘기네요."

"하아, 어려운 점이 그뿐만 아니라오. 숙박을 비롯해서 입는 것, 먹는 것, 구급약 등등 필요한 게 한두 가지가 아니오. 그걸 전부 공급하는 것도 쉬운 일은 아니라오."

'으음, 이거라도 해결해 주고 가야겠군.'

듣다 보니 어째 일이 점점 늘 것 같은 예감이 들었다.

"혹시 이번 폭발로 몇 사람이나 죽었는지 아십니까?"

"아직 통계는 나오지 않았소. 방송에서 중구난방으로 떠들어 대기만 하는 중이라오. 심지어 백 명이 넘을 거라는 헛

소리까지 해 대고 있으니…… 하하핫. 그렇게 야심한 밤까지 근무할 정도로 업무에 투철한 공안들이 얼마나 된다고, 하하핫."

뤄시양도 어이가 없었는지 한바탕 크게 웃어 댔다.

'풋! 하긴 뻥을 튀겨도 정도껏 튀겨야지.'

그 넓은 공안국이 채 열 명이 안 될 정도로 한산했던 걸 생각하면, 중국 매스컴도 한국처럼 일단 내지르고 보자는 주의 같다.

즉, 머리기사에 자극적인 문구를 게재해 시선부터 끌어 보자는 것.

그런데 막상 내용을 보게 되면 대부분 얼토당토않은 소리만 수두룩하게 지껄여 놓았을 뿐이다.

소설을 쓰는 작가도 아니면서 아예 갈겨 놓는 것이 기자와 언론들이다.

잠입, 심층 취재나 목숨을 건 취재 같은 진실한 기사는 박물관에서나 볼 수 있을 정도로 찾아보기 어려운 시대가 된 요즘이니 어려할까.

르포르타주에 대한 철학은 밥 말아 먹었는지 이것저것 마구 섞어 제 맘대로 써 대니, 기자로서의 자질이 있는 건지조차 의심스러웠다.

더 나쁜 건 일을 저질러 놓고도 좀처럼 사과문을 게시하지 않는 철면피라는 점이다.

이미 당사자들은 매장되어 버렸는데 말이다.

차라리 그냥 단칼에 죽이는 것보다 더 나쁜, 그야말로 언론의 잔매는 잔인함의 극치가 아닐 수 없다.

옛날에는 매체의 장長을 정부의 3부 장관에 이어 4부 장관이라고까지 부르기도 했지만, 지금은 문화계의 깡패 두목 그 이상도 그 이하도 아닌 신분으로 전락해 버렸다.

뭐, 다 알다시피 어느 분야에 종사하든 모두가 그런 건 아니다.

기자들 중에는 진정으로 사명을 갖고 발로 뛰면서 진실을 전하고자 하는 사람도 있다.

그러나 그런 보석과도 같은 기자는 정말 드물다는 것도 엄연한 사실이다.

신색을 가다듬은 뭐시양이 진중한 어조로 말했다.

"몸이 좀 나아지면 말이외다. 골치 아픈 놈 하나를 처치해주시오."

결국 올 것이 왔다.

뭐, 바라던 바였으니 상관없으려나?

"족제비 말입니까?"

"맞소."

"선양에 온 임무가 그것이니 당연한 말입니다. 탈북자들의 안전 역시 그놈과 연관되어 있으니 반드시 처리해야지요."

"그래서 하는 말인데……."

"생각해 둔 게 있다면 기탄없이 말씀하십시오. 이래 봬도 꽤 재주가 있는 사람입니다, 하하핫."

스스로 말해 놓고도 멋쩍었던지 담용이 웃음으로 얼버무렸다.

"그렇게까지 말하니 속 시원하게 말하겠소. 사실 탈북자들은 언제 공안에 붙들려 북한으로 송환될지 모른다는 불안과 공포 속에서 살아가고 있소."

"흐음."

조금은 호기심이 담긴 신음이다.

"생명을 내건 모험을 통해서라도 자유가 있는 남한 땅을 밟는 것이 그들의 진정한 소원이며, 죽더라도 남한 땅을 밟고 죽겠다는 각오로 처절한 삶을 이어 가고 있다고 보면 되오."

"으음."

미간에 '내 천川 자'가 그려지는 신음을 흘리는 것은 굳이 보지 않아도 짐작이 되어서였다.

"그런데 엎친 데 덮친 격으로 공안뿐만 아니라 북한 공작원들이 추적에 가세하고 있어서 이중삼중으로 고통을 겪고 있소. 북한 공작원 중에서도 족제비란 놈이…… 아, 면목 없지만 피해가 상당해도 지금까지 그놈의 이름과 얼굴을 알아내지는 못했소."

"그 정도로 뛰어난 놈입니까?"

"그보다는 그놈에게 발각된 탈북자들이 전부 죽어 버리는 통에 정체를 파악하지 못했다는 것이 맞을 거요."

"잔인한 놈이로군요."

"그렇소. 탈북자들이 죽은 모습을 보면 잔인한 놈이란 말조차도 모자랄 지경이오. 아주 난도질을 해 놨으니까 말이오."

"으으음."

단순히 죽인 것만으로 끝내지 않았다는 말에 담용의 침음이 깊어지면서 눈꼬리가 파르르 떨렸다.

'기필코 없애야 할 놈이군.'

"혹시 놈에게 대한 다른 정보라도 있습니까? 움직이는 동선이나 갈 만한 곳 말입니다."

절레절레.

"알아내지 못했소."

안색이 어두워진 뤄시양의 말투는 맥이 빠져 있었다.

"사실 이곳에 진출한 지 8년이란 세월이 흘렀지만, 그동안 우리가 알아낸 정보는 별로 없소."

지난 8년 동안이라면 1992년에 중국과 수교한 이후가 된다.

즉, 낯선 국가인 만큼 정보력의 부재에 시달리고 있다는 소리나 다름없다.

게다가 설상가상으로 공안이 한국 정보원들을 억압하고 있다는 것도 장애 요소다.

그도 그럴 것이 근대화 이후 주욱 적대 관계에 놓여 있던 국가에 공안들이 호의적일 리가 없었다.

더군다나 북한이라는 혈맹을 곁에 두고 있다면 팔이 안으로 굽는 식이 되니, 그 어려움을 미루어 짐작할 수 있었다.

뤄시양의 말이 이어졌다.

"다만⋯⋯."

"다만 뭡니까?"

"베이항北行 거리에 위치한 중국은행 옆에 5층 건물이 있소. 거기가 삼지연교역이라는, 북한 외화벌이 선양 지부라는 탈을 쓴 북한 공작원 아지트라오."

'삼지연교역?'

교역은 무역과 같은 말이었다.

'무역 회사라면?'

돈을 보유하고 있을 공산이 컸다.

더구나 외화벌이를 한 돈을 모아 뒀다면, 의외의 횡재를 만날 수도 있을 것으로 담용은 생각했다.

'안 그래도 돈이 필요했는데 좋은 곳을 알았군.'

"족제비란 놈이 거길 드나들 거란 말이지요?"

"본 적은 없지만 그러리라 생각하오. 아마 놈 역시 외화벌이 주재원으로 등록되어 있을 거요. 아니, 틀림없소."

그 말에 어떻게 하면 돈을 강탈할까 하는 생각으로 미간만 모으고 있던 담용의 눈이 번쩍 뜨였다.

"확률은요?"

"뭐, 반반이오. 선양 공안국에서 관심인지 협조 체제인지 늘 주시하고 있는 듯해서 확실한 증거를 잡기는 어려웠지만 말이오."

더 이상의 내용은 접근이 어려워 포기했다는 얘기.

"족제비란 놈에 대해 그 어떤 정보도 없습니까? 하다못해 키가 큰지 작은지 뚱뚱한지 홀쭉한지 말입니다."

절레절레.

"워낙 신출귀몰한 놈이라……. 다만 삼지연교역에서 명령을 받는 것만은 확실해 보이오."

"정말입니까?"

"아마도."

"그럴 만한 근거라도 있습니까?"

"근거라면……. 그동안 지켜본 바로는 선양에 있는 탈북자들의 정보가 대부분 삼지연교역으로 흘러 들어간다는 거요. 그럴 때마다 반드시라고 해도 좋을 만큼 탈북자들의 희생이 생겼었소."

북한 공작원들이 은밀히 움직였다는 뜻.

"뭐, 우리가 늦장을 부린 것도 희생을 키운 이유 중 하나겠지만……."

"이곳으로 오기 전에 얘긴 들었습니다만, 족제비란 놈의 얼굴은 물론 종적이나 거주지 같은 것도 알지 못하신다고요?"

"들은 대로요."

"그럴 만한 이유가 있습니까?"

"정보 요원으로서 임무 수행에 이유를 댄다는 것이 마뜩지 않은 일이지만, 사실 어려운 점이 한두 가지가 아니오."

"이참에 그 사정을 좀 듣고 싶네요."

언제 또 올지 몰라 이곳의 정서 정도는 알고 있는 것이 좋을 것 같아서 묻는 것이다.

"여기 선양은 북한과 인접해 있는 데다 오랜 시간 동안 교류를 해 온 탓에 그쪽의 성향이 무척 짙다는 것이 가장 큰 이유라 할 수 있소. 달리 말하면 우리 쪽과는 대놓고 배척하지는 않지만 은연중에 거리를 두고 있다는 거요. 우리가 여기와서 가장 먼저 느낀 것이 그런 정서였소. 그러니 협조를 구하고자 해도 쉽지가 않았소."

"그 정돕니까?"

"딴은 이해가 가는 점도 있소. 어차피 2, 3세들이야 일부 몇몇을 제외하고는 한국이 할아버지나 아버지의 고국이지 자신들과는 하등 상관이 없다는 생각을 하고 있으니 말이오. 그렇지만 돈으로 부린다면 얘기는 달라지오. 개방 이후 달러라면 환장하고 달려드니 말이오."

개방한 이후로는 인정보다 돈이 먼저라는 얘기.

"정보나 협력의 질은 어떻습니까?"

"80퍼센트 이상이오."

"80퍼센트 이상이라면 괜찮은 것 같네요."

끄덕끄덕.

"그들이야 일감이 단발성으로 끝나는 걸 원치 않으니 정보 취합이나 용병 일만큼은 확실하게 하는 편이오. 일하는 게 트릿하면 다음부터 일감을 받지 못하니 죽을 둥 살 둥 시키는 대로 움직일 수밖에 없소."

"그럼에도 족제비란 자의 정체를 파악할 수 없다는 겁니까?"

"그렇소. 회사에 지원을 요청한 것도 전적으로 족제비를 전담할 요원이 필요해서라오."

말인즉 지원 인원으로 온 담용이 해결사란 뜻이다.

'쩝, 파고들어 가다 보면 뭐라도 걸리겠지.'

실마리가 전혀 없다면 모르지만 우선은 삼지연교역부터 시작해야 할 것 같았다.

"삼지연교역의 수장은 누굽니까?"

"김민철이라고…… 역시 민간인이라기보다는 북한 공작원의 냄새가 강한 인물이오."

"김민철이라……. 계급이 제법 높겠는데요?"

"대위요."

대위라면 그럭저럭 담당할 만한 위치였다.

"삼지연교역 같은 곳이 많습니까?"

"뭐, 교역이란 이름 외에도 이런저런 명칭으로 많이 들어와 있긴 하오만, 이들을 총지휘하는 지휘소는 따로 있소. 대개 대좌급의 인물이 지휘하고 있소."

북한 군대의 대좌 계급이라면 대한민국의 대령과 같은 고위직이니 중책을 맡을 만한 위치였다.

"거긴 위치가 어디죠?"

설레설레.

"워낙 의심이 가는 곳이 많아 오히려 찾기가 더 어렵소."

일부러 연막을 피우는 곳이 많다는 뜻.

이거 꽤 괜찮은 수법이다.

책을 숨기려면 도서관에, 나무를 숨기려면 숲에다 숨기는 식이니 요원들의 어려움을 알 것 같았다.

"식당일 수도 있고 삼지연교역 같은 곳일 수도 있고, 아니라면 영사관에서 지휘하고 있을 수 있어서 알아내기가 참 지난하오."

'역시 삼지연교역부터 시작해야겠군.'

그래서 물었다.

"삼지연교역의 경비 상황은 어떻습니까?"

"북한 공작원들이야 평소에도 늘 그렇듯 철두철미하오. 회사와 숙소가 같은 건물에 있으니 말이오."

"거의 나오질 않습니까?"

"주로 그런 편인데…… 이번에는 조금 다른 것이, 탈북자들도 족제비로 인해 피해가 막심해지자 여간 조심하지 않아 놈들도 드러내 놓고 찾으러 다니는 상황이 되어 버렸소. 그래서 요즘은 예전에 비해 더러 눈에 띄고 있는 편이오."

'한 놈쯤 잡아서 족제비의 정체를 까발릴 수 없었나?'

문득 드는 의문이었지만 이들이라고 그걸 모를까?

사정이 있을 것이다.

담용의 의문을 눈치챘는지 뤄시양이 얼른 말을 이었다.

"놈들이 약은 짓을 하고 있소."

"약은 짓이라뇨?"

"우리가 족제비를 찾아다니는 걸 알고서 공안들을 한두 명씩 꿰차고 다니고 있단 말이오."

"아!"

"그래서 놈들에게 접근하기가 어렵소. 삼지연교역도 수시로 감시하고는 있지만, 놈들이 드나드는 걸 통 보지 못했소. 필시 비밀 통로가 있을 것으로 보오. 아니, 확실할 거요."

'두더지 같은 놈들이니 그럴 수도 있겠군.'

남침 땅굴을 괜히 파는 것이 아니니 말이다.

"흠, 삼지역교역의 자세한 위치를 알려 주시겠습니까?"

"침투하시려고 그러오?"

"놈을 잡으려면 어쩔 수 없지 않습니까?"

마냥 기다리고만 있을 수 없다는 얘기.

벽으로 다가간 뤼시양이 지도 앞에서 멈췄다.

선양 시내의 지리를 상세하게 표시해 놓은 지도였다.

"이 지점이 우리가 있는 곳이오."

스으윽.

뤼시양이 손가락을 옆으로 긋더니 다시 말했다.

"여기가 베이룽 거린데, 코너에 중국은행이 있소. 코너를 따라 돌면 세 번째 건물이 바로 삼지연교역이오. 건물을 통째로 사용하고 있는데, 출입구 벽에 삼지연교역이라 쓰여 있으니 찾기는 그리 어렵지 않을 거요."

"그렇겠군요."

"하지만 공안국의 폭발로 검문이 심해져서 거기까지 가는 것도 문제지만, 건물 안으로 침투하기는 결코 쉽지 않을 거요."

"그건 제가 알아서 하지요."

담용은 뤼시양이 의문을 표할 사이도 없이 말을 이었다.

"탈북자들 말입니다."

"……?"

"그들을 구하기 위해 한 가지 소문을 냈으면 하는데, 가능합니까?"

"소문의 내용이 뭔지는 몰라도 아마 가능하리라 보오."

"은밀해야 합니다."

끄덕끄덕.

"어떤……?"

"그 전에 먼저 하나 묻지요. 사람이 죽거나 난리를 쳐 대도 관심이 덜한 지역이 있는지요?"

'이 친구…….'

담용이 뭘 의도해서 하는 말인지 단번에 눈치챈 뤄시양이 잠시 생각에 잠겼다가 입을 열었다.

"여기서 조금 멀긴 한데…….'

"어딥니까?"

"푸신 시市로 향하는 랴오허 평원이오."

"……?"

중국 지명이라 담용은 도무지 무슨 말인지 모르겠다는 표정이었다.

"아, 우리말로 하면 부신시 요하 평원이오."

"아, 요하요!"

요하 평원이라면 들어 본 것 같았다.

"잠시만…….'

자리에서 일어난 뤄시양이 벗어 뒀던 외투를 뒤지더니 지도 한 장을 꺼내 펼쳤다.

좌락.

"여기…….'

지도의 한 지점을 가리킨 뤄시양이 말했다.

"랴오허 강이오. 즉, 요하지요. 이쪽이 서요하고 반대쪽이 동요하오. 내가 말하는 곳은 동요하 쪽인데, 평원은 갯벌과 갈대숲이 대부분이오."

"혹시 거기에 연고가 있습니까?"

"없소."

"아니, 제 말은 탈북자들이 그쪽으로 이동할 거라는 소문을 낼 만한 근거가 있겠느냐고 묻는 겁니다."

"아! 그거라면 있고말고요."

"……?"

"부신 시를 맡고 있는 요원이 있소. 뭐, 활동 영역만 구분해 놓은 것이긴 하지만, 그 요원에게 물어보면 잘 알 거요. 내 생각엔 요하 평원으로 간다고 소문이 날 경우, 놈들은 먼저 네이멍구로 빠져나갈 것이라고 여길 거요. 여기……."

뤄시양이 한 지점을 짚었는데 휑했다.

"그렇게 생각해 주면 우리야 좋지요."

"으음, 소문을 아주 무성하게 내야겠군요."

"그런데 폭설에 이동하는 게 가능하긴 한 겁니까?"

"흠, 실제로 이동한다면 여간 힘들지 않을 거요. 하지만 놈들 입장으로는 탈북자들이 폭설을 틈타서 이동할 거라는 점이 오히려 더 혹할 조건이지 싶소만……."

"아, 아. 추적해 오기 어려울 걸 알고 우리가 폭설을 이용해 허를 찌를 수도 있다고 생각할 거란 말이군요."

담용은 금방 이해했다.

"그렇소."

"하핫, 그건 그것대로 나쁘지 않네요. 아무튼 요하 평원으로 향하는 적당한 지점에 한가한 곳이 있었으면 좋겠습니다."

뒤쫓아 오는 북한 공작원들의 처치하려면 환경이 그래야 했다.

"그럴 만한 곳을 찾아보라고 하겠소."

"시간을 끌 필요가 없는 일이니 당장 시작하지요."

"당장 말이오?"

"예, 어려운 점이 있습니까?"

"그게…….."

말하기 곤란한 게 있는지 뤼시양이 지금까지의 태도와는 달리 입술을 달싹거리며 주저주저했다.

"제가 도울 일이 있을 겁니다. 그러니 말씀해 보시지요."

"뭐, 어차피 같이 일하다 보면 다 알게 될 일이니……. 한마디로 말하면 자금이 없소."

"예? 돈이 없다고요?"

"그렇소."

"아니…… 회사의 지원이 없었단 말입니까?"

"지원은 되오. 다만 그 돈을 찾지 못하고 있다는 거요."

"어떤 상황입니까?"

"자금의 루트가 이곳 선양 영사관인데, 송 지부장님 사건 이후로 공안들의 감시가 심해져서 자금 조달이 어렵게 된 것이 원인이오."

"그 정도라면 방법이 있지 않습니까?"

"물론 조금 무리하면 가능하긴 한데……."

말을 맺지 못하는 것을 보면 무리하기보다 안전을 택하는 게 낫다고 보는 것이리라.

"그리고 선양은 아직 총영사관이 아닌 영사사무소 형식이라 공안들이 수시로 드나들기에 감시의 눈을 피하기가 쉽지 않소."

"그렇군요."

말은 간단했지만 그동안 고충이 많았음을 알 수 있었다.

송수명의 체포로 안 그래도 울고 싶은데 활동 자금까지 막혀 버렸으니 뺨까지 맞은 셈이 된 형국이다.

결국 작금의 총체적 난국의 원인이 자금 조달의 어려움에 있다는 것.

8년이란 짧은 기간에 자체적으로 공작 자금 양산을 구축하거나 전달 루트를 개발하는 데 어려운 점이 있었을 것이다.

말이 좋아 수교지 중국이 북한을 품고 있는 이상 대한민국에 대한 감시가 느슨해진 건 아니라는 얘기다.

아니, 절대적이라 할 만큼 그런 영향을 받고 있을 게 틀림이 없다.

'아니, 이 양반들이 도대체 뭘 보고 가면 다 알아서 해 줄 거란 말을 했지? 젠장할, 항상 이런 식이라니까.'

책상 앞에 앉아서 탁상공론만 하고 있는 이들의 허점이 바로 이런 것들이다.

자연 톱니바퀴가 맞물리며 돌아가야 할 일들이 삐걱거릴 수밖에 없다.

자칫 요원들의 생명까지 앗아 갈 수 있는 일임에도 책상 앞에서 계산기나 두드리며 요리 재고 저리 잰 잔머리로 명령만 내리다니.

짜증이 나니 확 갈아엎어 버리고 싶은 심정이었다.

그나저나 중국에 진출한 국정원 요원들의 어려움이 이만 저만이 아님을 실감했다.

그도 그럴 것이 공안의 서슬 퍼런 감시에다 북한 공작원들의 방해와 공작 자금 루트의 마비 등이 국정원 요원들을 옹색하게 만든 원인이 됐다.

이제 수교한 지 고작 8년의 낯선 땅이란 것 또한 정보 요원들을 움츠리게 한 요인일 것이다.

다소 형편이 좋은 하얼빈의 홍문종도 이런 고충을 단 한 번도 내비친 적이 없었다는 것은 아마도 그들 나름대로의 자존심 때문이리라.

아니, 어쩌면 암흑의 세계를 살아가는 정보원들의 자존감이라 해야 더 적당하겠다.

자존심과 자존감은 비슷한 것 같지만 그 의미는 전혀 다르다.

자존심은 타인이 나를 바라볼 때 내가 느끼는 감정이다. 즉, 다른 사람 말이나 행동에 영향을 받는다는 것.

자존감은 스스로를 바라보는 감정을 말하며, 다른 사람이 아닌 자신 스스로를 어떻게 생각하느냐는 것이 중요함을 뜻한다.

고로 적어도 진정한 사명을 띤 국정원 요원이라면 자존감이 맞다.

'말이 좋아 해외전략정보국이지…… 이름이 아깝네.'

선양 지부장이었던 송수명도 매한가지다.

뭔 고충이 있는지는 몰라도 현지로 급파되는 사람에게 귀띔 정도는 해 줬어야 할 것 아닌가?

왜냐고?

'다 떠나서라도 내가 생명의 은인이잖아? 빌어먹을…….'

하기야 송수명도 당분간은 중국의 눈에 띄어서는 곤란했기에 극동 지역 특작국 국장으로 내정되었음에도 현재는 대기발령 상태였다.

어찌 됐든 대한민국이 약소국임을 뼈저리게 느끼는 순간이긴 했다.

늘 얻어터지고만 살아온 나라. 아니, 지금도 얻어터지면서 살고 있는 나라, 대한민국.

이제는 그것이 습관이라도 된 듯 끽소리 한 번 내뱉지 못하고 눈치만 보고 있다.

공식적으로 진출해 있는 공관까지 감시 대상이 되어 있는 상황이라면 더 그렇다.

피해 다니기만 하는 국정원 요원들이 딴은 이해가 갔다.

대한민국의 사내라면 이런 상황이 공통된 아픔임과 동시에 속에서 열불이 치솟는 감정일 것이다.

그런 의도는 아니었지만 선양 공안국의 폭발은 터럭이나마 앙갚음을 한 셈이 됐다.

'후우, 젠장할.'

국정원 요원들의 헛되이 맴도는 시간들을 제자리에 갖다 놓을 필요가 있었다.

담용은 불현듯 자신 같은 사람이 둘만 더 있었어도 하는 생각이 들었다.

대한민국의 입지를 확 바꿔 버릴 수 있지 않을까 하는 마음에서다.

그러나 마음일 뿐, 현재까지 그럴 가망성은 전혀 없었다.

'쯧, 차크라를 나눠 준다고 해도 방법을 모르니…….'

더구나 자신과 같은 능력이 생길지도 의문이니 시도조차 하기가 어렵다.

'돈이라…….'

어쨌거나 무엇을 하든 돈이 없으면 아무것도 할 수 없는 것이 현실이다.

'쩝, 활동 자금부터 구해 놓고 움직여야겠군.'

어차피 해결할 사람은 자신밖에 없는 것 같았다.

"지금은 저도 가지고 온 게 없으니……."

지니고 있는 자금이라야 달랑 3천 달러가 전부다. 이 금액으로는 언감생심이다.

'거참……'

잠시 골똘히 생각에 잠겨 있던 담용이 입을 열었다.

"그러니까 탈북자들이 요하 평원 쪽으로 이동하고 있다는 소문을 내기 위해서는 자금이 필요하다는 거지요?"

"아무래도 그렇지 않겠소? 선양이 결코 작은 지역이 아니어서 소문을 내고 부풀릴 인원이 필요하지 않겠소?"

공짜로는 그들을 움직일 수 없다는 말.

'하기야 하다못해 심부름을 시키더라도 돈이 필요한 세상이니……'

"돈은 많으면 많을수록 좋겠지요?"

"하핫, 그야 이를 말이겠소?"

안 그래도 곤궁하던 차인데 말이라도 그렇게 해 주니 약간의 보상을 받은 것 같은 기분인 뤄시양이다.

'돈이 없다면 현지 조달이 적격이지.'

방법이 떠올랐는지 담용이 활기찬 음성으로 말했다.

"좋습니다. 제가 조달해 보지요."

"어, 어떻게……?"

"그 일은 제게 맡기시고, 먼저 탈북자들의 이동을 소문내줄 인원부터 미리 확보해 놓으십시오."

"그건 염려하지 않아도 되오. 기존의 정보원들을 이용하면 금세 사발통문이 돌 테니까요."

담용이 워낙에 자신 있는 말투로 말하니 뤄시양도 얼떨결에 대답하고 말았다.

"지금은 그들을 움직이기에 위험하지 않겠습니까?"

"하핫, 다 방법이 있소."

'흠, 그래, 일국의 요원이라면 적어도 그 정도의 능력은 있어야지.'

"요하 쪽도 미리 준비하라고 하겠소."

"되도록이면 한적한 곳이면 좋겠습니다."

"탈북자 신분이라면 어차피 공공연하게 나다닐 수도 없다는 걸 그들도 잘 알고 있으니, 걱정하지 않아도 되오."

"하핫, 그렇군요. 지금 몇 시나 됐죠?"

"어이쿠, 얘기하다 보니 벌써 해가 졌소. 6시가 다 됐소."

그 말에 담용이 자리를 박차고 일어났다.

"그럼 더 늦기 전에 잠시 다녀오겠습니다."

"아니, 어딜 간단 말이오? 몸도 성치 않고 길도 잘 모르면서……."

"걱정 마십시오. 멀리 안 갑니다."

"산보할 거라면 같이 갑시다. 뒤에 그런대로 산책할 만한 길이 있소."

꾸욱.

그간 3일을 넘게 누워 있었으니 다리운동이라도 하려나 싶어 일어서려는 뤄시양의 어깨를 담용이 짚어 주저앉혔다.

"더도 덜도 말고 넉넉잡아서 2시간만 기다리면 됩니다."

"혼자서 2시간이나 보내려면 위험할 수도 있소. 이거 가져 가시오."

상의 안주머니에서 꼬깃꼬깃해진 쪽지 한 장을 내민 뤄시양이 말을 이었다.

"혹시 모르는 일이니…… 비상시에만 쓰는 지침서요."

"고맙습니다. 혹시 늦더라도 3시간 안에는 올 수 있을 테니 한숨 자 두십시오."

그 말을 끝으로 뤄시양의 의혹 가득한 눈길을 뒤로한 담용이 느긋한 걸음으로 집을 나섰다.

사실 참고 있었지만 꿈속에서 얻은 기연을 시험하고 싶어 안달이 난 담용이었다.

'어휴, 참느라고 혼났네.'

몸속에 폭풍 같은 엄청난 기운이 웅크리고 있는 것만 같아 담용의 발걸음이 빨라졌다.

사실 기연, 아니 2차 각성은 기적이나 다름없는 일이었다.

그것도 꿈속에서 이루어진 기적이라니.

누구도 믿지 못할 일이다.

따지고 보면 초능력자가 된 자체부터가 비정상적인 일.

어쩌다 그런 능력이 생겼는지 모르겠지만 아마도 회귀하면서일 것이다.

몸속에 똬리를 튼 그 무엇.

담용 자신의 의지에 따라 움직이긴 하지만 2차 각성을 할 줄은 몰랐다.

기실 기초를 잡아 줄 스승이나 선배도 없고, 같이 연구하며 의논해 볼 동료도 없는 상태에서 그런 일이 일어난다는 것은 불가능했다.

고로 담용은 이로써 때가 되면, 아니 일정한 경지에 이르면 미증유의 무언가가 알아서 각성할 것이라 짐작하게 된 계기가 됐다.

"……?"

담용의 뒷모습을 보던 뤄시양은 은근히 뭔가를 기대하며 생각에 빠졌다.

담용의 태도에서 다리운동이나 하러 나가는 것이 아님을 이미 눈치챈 후다.

'그래, 일단 하는 걸 봐서 그 일을 얘기해도 늦지 않아.'

사실 중요한 일은 또 있었다.

그것도 극비를 요하는 사안이었다.

하지만 섣부르게 밝힐 내용이 아니어서 꾹 참았던 터였다.

뤄시양의 내심은 담용이 선양 공안국을 폭발시킴으로써 어느 정도 검증은 됐다지만 아직은 조금 더 살펴보고 난 후에 의논하는 걸 결정할 작정이었다.

은근한 기대가 서린 표정이 쉽게 가시지 않은 뤄시양이고 보면, 선양 공안국의 폭발에 어지간히 놀랐던 모양이다.

뜻밖의 인물

베이항 거리.

가로등조차 꺼져 캄캄한 그곳으로 손수레를 끄는 꼽추 사내가 들어섰다.

비척비척.

손수레가 힘겨워서인지 아니면 몸이 불편해서 그런지 부자연스러운 걸음걸이였다.

꼭 미끄러운 눈길이어서만 아닌 것 같아 보였지만, 거기에 신경 쓰는 공안은 없었다.

그런데 꼽추치고는 제법 덩치가 컸다.

그래서인지 허리가 꼬부라진 데다 걸음걸이도 바르지 않고 비척대는 모습이, 어떻게 보면 오랜 습관으로 밴 몸짓 같지는 않아 보였다.

꼽추 사내는 다른 누구도 아닌 담용이었다.

'완전히 암흑이나 다름없군.'

아마도 공안국의 대폭발이 인근의 변압기들을 건드린 것이 원인인 것 같았다.

그나마 발이 푹푹 빠질 정도로 쌓인 눈과 정신없이 움직이고 있는 자동차 불빛이 어둠을 밀어내고 있었다.

소방차, 경찰차, 군용 트럭 등등.

수도 없이 출동해 있었고, 공안과 소방대원 들이 시끄러울 정도로 소리를 질러 대며 부산하게 움직이고 있는 모습이었다.

담용은 그러거나 말거나 자신과는 전혀 상관없다는 듯 손수레를 끌며 제 갈 길만 묵묵히 걸어갈 뿐이었다.

'거참, 날씨 한번 우중충하네.'

회색 염료라도 뿌린 듯 하늘은 칙칙했고, 폭설은 간간이 흩날리는 눈발로 변해 있었다.

그러나 아직은 10월이라 그런지 그다지 춥다는 느낌은 없었다. 기상이변으로 인해 눈만 많이 왔을 뿐이다.

그래도 영하의 날씨다.

주말임에도 행인들이 드문드문한 베이항 거리는 대폭발의 여파가 가시지 않은 난장판이었다.

거기에 각종 오물과 먼지까지 덮어쓴 광경은 스산하기까

지 했다.

평소 무질서하고도 지루하게 이어지던 자전거와 오토바이는 물론 자동차 행렬마저 별안간 뚝 끊어진 느낌.

하기야 도로가 온통 파편들로 어질러져 있으니 통행을 하기도 어려웠다.

부르르릉. 덜컹! 덜커덩!

지붕에 서너 개의 안테나가 돌고 있는 '탑차'가 도로의 장애물로 인해 춤을 추어 댔다.

딱 봐도 도청, 감청을 위한 통신 차량이었다.

벌써 두 대째 보는 탑차였다.

퍼석.

기울어진 가로수가 눈꽃을 이기지 못했는지 한 뭉텅이의 눈을 뱉어 냈다.

그 아래로 지나던 꼽추 사내, 아니 담용이 깜짝 놀랐는지 비틀했다.

"어이! 거기 조심해서 가라구!"

마침 쳐다보고 있었던지 공안이 연민이 섞인 목소리로 주의를 줬다.

담용이 뒤돌아보니 손에 큼지막한 무전기를 든 공안이었다.

'엉? 웬 무전기?'

이동통신 시대에 무전기라니!

'아!'

퍼뜩 생각나는 게 있었다.

'맞아, 중계 기지국이 파괴됐지.'

통신 중계 기지탑이 공안국 옥상에 세워져 있었던 것이 떠올랐다.

'짜식, 그래도 인간미는 있네.'

하기야 사람 사는 곳에 그런 정마저 없다면 짐승의 세계와 무엇이 다를까?

스윽.

염려 말라는 듯 손을 한번 들어 준 담용이 간발의 차로 눈뭉치를 세례를 피한 나뭇가지를 힐끗 올려다보더니 다시 걸음을 뗐다.

'이거 적응하기 쉽지 않은걸.'

꼽추 특유의 어눌한 행동은 자신이 생각해도 어색한 데다 여간 곤욕스러운 것이 아니었다.

아울러 허리를 종일 구부린 채 움직여야 하는 척추 장애인들이 얼마나 힘들지 조금은 이해가 갔다.

태생적으로 불구로 태어난 꼽추와는 조금 거리가 먼 어색한 몸짓이었지만, 다행히 미끄러운 눈길이라는 것을 감안하면 공안의 눈에도 하등 이상할 것도 없는 행동으로 보이긴 했을 것이다.

꼽추로의 변신은 담용 스스로도 깜짝 놀란 일이었다.

'이게 가능할 줄이야.'

그동안 변장을 해도 덩치만은 어쩔 수 없었던 담용이었던 터라 지금의 모습은 비장의 무기 한 가지를 더 장착한 기분이었다.

그는 빈민가의 골목을 나서자마자 곳곳에 공안들과 무장경찰들, 즉 무경들이 잔뜩 깔려 있는 것을 보고는 번거로워질 것 같다는 생각에 과감하게 꼽추로의 변신을 시도했던 터였다.

즉, 변장에서 변신으로 한 단계 업그레이드됐다고 보면 맞다.

꼽추는 즉흥적으로 생각해 낸 발상이었고, 실험적 성격이 강했다.

가능할 것이라고 여기지도 않았고 된다는 보장도 없었던 것으로, 단지 시험 삼아 척추를 움직여 본 것일 뿐이었다.

그러나 어렵지 않게 변신하게 될 줄은 꿈에도 생각지 못했다.

아직 신체를 변형시키는 수련을 해 본 적이 없는 담용이라 더 그런 마음이었다.

딴에는 간단한(?) 수법 같아 보이기도 했지만, 두려운 마음이 없지 않았다.

그럼에도 과감히 시도해 본 건, 그냥 가능할 것이라는 마음이 들었다고 해야 하나?

그렇게 위험부담을 안고 무작정 시도해 본 결과가 이렇다.

아무튼 담용의 입장으로서는 의외의 수확이라고 할 수 있는 이번 변신은 가히 획기적인 일로서, 초능력의 범주를 벗어나는 경지 너머의 경지를 새롭게 개척했다고 할 수 있었다.

또한 차크라의 변화로 인해서인지 몸에 활력이 넘치는 것 같은 기분이었다.

'검문이 너무 심한 것 아냐?'

가로등 밑에는 간혹 지나가던 행인들이 공안이나 무경에게 검문을 받느라 줄이 길게 늘어져 있었다.

개인 사事가 완전히 무시되는 불편한 검문에 울상을 짓는 사람들이 한두 명이 아니었다.

독재나 사회주의 체제를 지향하는 국가에서만 볼 수 있는 전형적인 모습이다.

장점은 애국심이 남다르다는 것과 결집력이 강하다는 것.

'괜히 끌고 왔나?'

푹푹 빠지는 눈길이라 낡은 손수레가 거치적거렸다.

곱추로 변신하고 보니 그에 걸맞은 도구가 필요해서 찾은 것이 손수레였다.

일이 되려고 하니 때마침 하루 일과를 끝낸 노인이 손수레를 전봇대에다 쇠사슬을 두르고 사라지는 것을 보고 살짝 실례해 온 것이다.

어쨌든 손수레와 곱추는 신체에 걸맞은 도구였고, 맞춤인 듯 컬래버레이션으로 잡철들이 실려 있었다.

잡철들은 노인의 하루가 고스란히 담긴 노고의 결과물이었다. 당연히 보상해 줄 생각이다.

아무튼 그게 주효했던지 담용은 여기까지 오는 동안 단 한 번도 검문을 받지 않았다.

아마도 불구인 곱추라는 덕을 톡톡히 본 때문이 아닌가 싶었다.

공안국의 폭발 현장을 보지 않으려고 일부러 먼 길을 빙 돌아왔음에도 곱추를 붙잡고 검문하려는 공안들은 없었다.

그렇게 겪고 보니 즉흥적인 변신이었지만 탁월한 선택을 한 셈이 됐다.

폭발의 여파가 엄청났던지 공안국 주변의 건물들마저 반파되거나 금이 쩍쩍 갈라져 있었고, 심한 곳은 뼈대만 앙상하게 남아 있는 모습이다.

폭발 반경이 의외로 큰 것에 담용 자신도 놀랐다.

자연 공안국에 가까워지면 질수록 도로는 어지러이 널린 파편들로 인해 마치 전장터를 방불케 했다.

주변 상황만 보면 공안들이 눈에 불을 켜고 검문하는 것을 뭐라고 할 일은 아닌 것 같다.

뭐, 새까맣게 깔렸다고 보면 된다.

이로써 탈북자들을 쫓거나 색출하려는 공안들을 불러들이

려던 목적은 달성한 셈이었다.

공안들을 제외하면 숫자가 적을 수밖에 없는 북한 공작원들로서는 실로 난감한 일이 되었을 터였다.

'중국은행?'

도로 건너편에 뤼시양이 알려 줬던 은행이 눈에 들어왔다.

역시나 건물 한쪽 귀퉁이가 뭉텅이로 떨어져 나가 있었고, 무경들이 진을 친 채 삼엄한 경비를 서고 있는 모습이었다.

철제 셔터가 내려져 있는 걸 보면 업무가 마비된 듯했다.

그러나 은행을 털려고 온 것은 아니다.

그래서도 안 된다.

은행의 주 고객이 대부분 한국과 북한 그리고 조선족이어서다.

동포들의 돈을 훔치다니!

말도 안 되는 짓이다.

더구나 수교 이후 아직까지 딱히 적대할 만한 행위를 보이지 않는 중국이라 거기까지 손을 대기는 곤란했다.

담용의 목적지는 중국은행과 건물 두 채 정도 떨어진 삼지연교역이었다.

그럼 '북한은 같은 민족이 아닌가?' 하겠지만, 이건 동포의 돈을 갈취하는 것이 아니라 김정일의 개인 돈을 빼앗는 것이라 껄끄러울 게 하나도 없다.

'건물들이 전부 고만고만하네.'

아직은 건축주 특유의 개성을 살리지 못한 밋밋한 빌딩들.

그나마도 성한 건물이 몇 채 없다.

마천루 같은 건물이 생기려면 몇 년이 더 지나야 할 것 같았다.

다만 건물마다 한 가지 공통된 것은, 하나같이 붉은색이 서로 경쟁하듯 도드라지게 드러나 있다는 점이었다.

지금은 그것이 더 흉물스럽게 화해 있었지만.

'붉은색으로 도배하다시피 한 정도면, 거의 숭배 수준이 군.'

뭐, 붉은색의 의미가 태양을 뜻하고, 악귀를 물리친다는 것 정도로만 알고 있는 담용이다.

그다음이 돈을 뜻하는 황금색이다.

숫자로는 돈을 번다는 의미인 '8'이 많았다.

오죽하면 '8' 자가 이어지는 차량 번호나 휴대폰 번호의 경쟁가격이 상상을 초월할까?

순간, 손전등의 강렬한 빛이 얼굴로 전해지면서 동시에 어깨를 짚는 손이 느껴졌다.

틱.

담용이 도로를 건너자, 얼룩무늬 군복에 소총을 든 무경이 습관처럼 어깨를 잡아 온 것이다.

중국은행의 금고를 지키는 무경이었다.

'이런 제길……'

혹시라도 신분증을 내놓으라고 할까 싶어 우려가 됐지만 다행히 얼굴을 확인하고 덮개를 들춰 손수레 안을 살피더니 손을 저어 댔다.

마치 파리를 내쫓는 듯한 손짓.

기분이 팍 상했다.

'짜식이……'

잠시 놀란 마음을 추스르고 비척비척 중국은행 앞을 지나 코너를 돌았다.

그리고 세 번째 건물, 삼지연교역 앞이었다.

여기도 폭발의 후폭풍을 비켜 가지 못했는지 곳곳에 크고 작은 스크래치와 주먹이 들어갈 만한 크랙이 나 있었다.

그 증거로 도로 곳곳에 건물에서 뚝 떨어져 나온 승용차 크기만 한 잔해들이 잔뜩 널려 있었다.

어수선한 가운데 그나마 성한 건물 주위에는 손전등을 밝힌 건물주들이 나와 이곳저곳 살피느라 분주한데 반해 삼지연교역은 컴컴한 것이 고요했다.

'외국에 나왔어도 폐쇄적인 건 여전하군.'

삼지연교역의 무역 역군으로 나와 있는 북한 공작원들이 시타거리에 있는 다층살림집으로 총출동해 있는 사정을 모르는 담용으로서는 당연한 생각이었다.

'5층에만 불이 켜져 있는 것 같군.'

그나마 딱 촛불 밝기다.

그리고 텅 빈 1층 상가.

1층 정도는 상가로 세를 놓을 만도 하건만 철제 셔터로 굳게 닫혀 있다는 것은 비밀을 요하는 일이 많음을 단적으로 보여 주고 있었다.

'뭐, 나야 좋지.'

툭툭툭.

허리가 아픈 척 몇 번 두드리고는 건물을 끼고 있는 샛골목으로 접어들었다.

이쪽 골목 역시 빈민가로 향하는 곳이라 꼽추 사내를 보더라도 이상하게 여길 사람은 없을 것 같았다.

골목을 들어서자마자 앞뒤 좌우를 살핀 담용은 위쪽을 슬쩍 올려다보는 것도 잊지 않았다.

이곳 역시 정리되지 않은 폭발의 잔해물들이 어지러이 널려 있어 인적이 뚝 끊긴 것처럼 한적했다.

하물며 으슥한 골목이야 말할 것도 없다.

'도로 상황도 불편하지만 검문을 받는 게 더 귀찮아서 다들 집에서 꿈쩍할 생각을 않는 것 같군.'

행여 트집을 잡을까 저어해 몸을 사리는 것일 게다.

'뭐, 그게 가장 현명한 처신이지.'

담용은 차크라를 운기했다.

우릉.

'이크.'

별안간 돌발적으로 들끓는 기운에 얼른 운기를 멈췄다.

뭔 놈의 차크라가 갑자기 호랑이 간을 삶아 먹은 것처럼 엄청 호전적 성향으로 변한 것만 같다.

건드리기만 해도 벌컥 화를 내니 이거야 원.

'이거…… 조절하는 수련부터 해야 하나?'

강해도 너무 강해 제어가 될지가 의문일 정도로 차크라의 기운이 강렬해 고민이 됐다.

하지만 지금은 우물쭈물할 겨를이 없다.

'투시력은 어떨까?'

기실 투시력이나 투청력 같은 수법은 아무리 뒤져도 수련 방법을 기록하거나 훈련 도구 따위를 기록해 놓은 책자가 없었다.

고로 순전히 차크라를 운기해 안력을 돋우거나 청력을 집중시키는 것이 전부였다.

그렇다 해도 어느 정도 실현 가능하다는 것이 다행이었다.

담용은 이번 기연으로 인해 어떤 변화가 있을지 은근히 기대가 됐다.

'제발 좀 얌전히 움직여 줘.'

담용은 차크라를 달래듯 조심스럽게 일으키며 벽의 한 지점을 뚫어지게 노려보았다.

'엉?'

어째 조금 전과는 다르게 버럭 화를 내지 않고 얌전한 숙

녀처럼 움직였다.

이에 때를 놓칠세라 고스트 트릭을 발현시켜 손부터 집어넣는다는 생각으로 갖다 댔다.

쑤욱.

담용의 손이 벽으로 스며들었다.

'어라? 감촉이……'

자연스럽고 부드러운 감촉에 살짝 놀란 담용이 이번에는 팔꿈치까지 집어넣었다.

여전히 비단결처럼 부드러운 감촉.

이질감 같은 느낌은 전혀 없었다.

기연인지 깨달음인지를 겪은 이후라 그런지, 이전에는 조금 욱여넣는다는 느낌이 있었는데 지금은 그마저도 없어진 것이다.

자신감을 얻은 담용이 천천히 몸체를 벽에 붙였다.

이어서 차크라의 나디를 이용해 곱사등이로 변했던 체구를 정상적으로 돌아오게 했다.

한데 조금은 험악하다 싶게 변형시켰던 얼굴 모습이 돌연 광대뼈가 툭 불거져 나와 이상하게 변했다.

독특하고도 쉽게 볼 수 없는 기이한 얼굴 형상이었다.

그러나 그것이 끝이 아니었던지 곧이어 눈두덩이 부분이 부풀어 오르더니 눈을 거의 반쯤 덮이게 만들고는 멈췄다.

그다음은 코와 입술이 부어오른 것처럼 두툼해졌다.

그야말로 괴기 영화에서나 등장할 법한 괴물에 가까운 얼굴 형상으로 변해 버렸다.

'흠, 체구는 어떻게 한다?'

짧게 고민한 담용은 곱사등이었던 것을 정상적인 몸이 되게 하는 것으로 변신을 끝냈다.

'이 정도라면…….'

굳이 거울을 보지 않더라도 기괴하게 변했을 것이라 짐작이 됐다.

기연이 있은 이후, 나디의 운용이 쉬워져 변신도 그리 어렵지 않게 이루어지는 기분이었다.

시간이 지체됐다고 여긴 담용이 자신감을 가지고 벽체에 얼굴을 들이밀었다.

신체의 어느 부위보다 예민한 얼굴임에도 역시나 욱여넣는 기분은 들지 않았고, 오히려 물에 들어가는 것보다 더 감촉이 좋았다.

실내는 바깥에서 새어 들어오는 빛으로 인해 희미했는데, 단출하기 그지없는 공간이었다.

'로비?'

아니었다. 칸막이를 설치하지 않았을 뿐이다.

안전하다고 여긴 담용은 손수레까지 챙겼다.

고스트 트릭을 확장시킨다면 투과하는 것이 가능했기에 지체 없이 스펀지가 물을 머금듯 너무도 자연스럽게 벽을 통과하면서 골목에서 사라졌다.

누가 보면 벽체가 저절로 불뚝 튀어나오는 현상에 기함을 했을 테지만 그런 일은 일어나지 않았다.

'어? 왜 이리 조용하지?'

한바탕 푸닥거리를 할 각오로 들어선 담용이 무색할 정도로 실내는 어둑한 데다 지키는 사람 한 명 없이 쥐 죽은 듯 조용했다.

눈을 두어 번 깜박거린 담용이 둘러보니 장식물이라곤 눈을 씻고 찾아봐도 없었다.

출입구에 책상과 의자 그리고 전화기 한 대가 전부인 지극히 단출한 공간.

다만 5층 건물임에도 엘리베이터가 설치되어 있다는 것이 의외였다.

'다들 어디 갔나?'

사무실과 숙식을 겸하고 있는 것치고는 너무 인적이 없었다.

'혹시 탈북자들을?'

뇌리에 떠오르는 건 그것밖에 없었다.

'만약에 그렇다면 전부 불러들이면 될 일.'

차크라를 운기해 귀로 집중시킨 담용이 다시 한 번 인기척이 없음을 확인하고는 전화 단자함부터 찾았다.

빌딩 내의 전화 단자함이야 공용이니 으레 그렇듯 출입구 벽에 부착되어 있는 걸 금세 발견할 수 있었다.

'굳이 선을 절단할 필요는 없겠지.'

뚜껑을 연 담용이 메인 스위치를 내렸다.

그래 봐야 별 효력이 없는 이동통신 세상이라지만, 이 역시 중계 기지국이 파괴된 이상 통화는 불가능했다.

공안들이 휴대폰 대신 무전기를 사용하는 걸 보면 미루어 짐작할 수 있는 일이었다.

다만 유선은 살아 있는 것 같아 단자함을 손본 것이다.

'아참!'

아차 싶어 재빨리 감시 카메라를 살폈지만 다행히 눈에 띄는 건 없었다.

'경비 절감 차원인가?'

그렇다면 지독할 정도로 내핍 생활을 하고 있다는 증거다.

안심한 담용이 그제야 계단을 오르기 시작했다.

한데 몇 계단 오르지 않아서 멈칫했다.

담용의 예민한 청각에 잡음 비슷한 소리가 들린 것 같아서였다.

'뭐지?'

다시 생각해 보니 사람의 신음 소리 같았다.

조금 전 차크라를 귀로 집중시켰을 때도 들리지 않았던 소리가 들린 것을 보면 가까이에 누군가 있다는 뜻이었다.

살며시 계단을 내려선 담용이 차크라를 끌어올려 청각을

확장시켰다.

"으으…… 무, 물……."

'지하?'

기진맥진한 음성이었지만 기감을 확장시킨 청각에 또렷이 들려왔다.

당연히 물을 원하는 내용까지 들었다.

하지만 목표가 뚜렷한 지금 애먼 곳에 신경 쓸 일이 아니어서 머리를 내젓고는 계단을 올랐다.

그런데 계속해서 입안이 쩍쩍 갈라지는 듯한 신음이 고막을 건드려 마음이 편치 않았다.

꺽꺽거리며 금방이라도 목구멍이 달라붙어 숨이 끊어져 버릴 것같이 힘겹게 내뱉는 밭은 신음이 담용이 걸음을 멈추게 했다.

'젠장…….'

결국 계단을 돌아 오르기 전에 되짚어 내려오고야 말았다.

'일단 물부터.'

그런데 아무리 둘러봐도 단출하기 짝이 없는 공간에 그 흔한 정수기조차 갖춰 놓고 있지 않았다.

'이가 없으면 잇몸으로 하면 되지.'

벽을 힐끗한 담용이 성큼성큼 걸어갔다.

밖에는 천지가 눈으로 덮여 있으니 굳이 물을 찾으려 애쓸 필요가 없었다.

쑤욱.

벽을 투과시켜 이내 거둬들인 그의 손에는 한 움큼의 눈이 담겨 있었다.

고스트 트릭의 영역을 확장시키면 눈이 아니라 그 무엇이라도 벽을 투과할 수 있어 가능한 일이었다.

서둘러 지하로 향하는 계단을 통해 내려가니 불빛 하나 없는 캄캄한 암흑의 지하실이었다.

그러나 담용의 신안神眼이라 해도 좋을 안력에는 아무런 장애가 되지 못했다.

"으으으…… 무, 물, 물."

괴로움에 찬 신음 소리가 연거푸 들려오는 곳은 철문으로 굳게 잠겨 있었다.

여지없이 투과한 담용의 시선에 꽁꽁 묶인 채 의자째 고꾸라져 꿈틀거리고 있는 사람이 들어왔다.

그런데 온통 피투성이로 혈인이나 다름없는 몰골이었다.

바닥 역시 피 칠갑으로 인해 너저분한 것이 피비린내가 풍겼고, 고문의 도구로 사용되었을 법한 쇠꼬챙이 등이 어지럽게 널려 있었다.

거기에 고장 난 장난감처럼 구겨져 있는 사내.

'미친놈들…… 사람을 이 지경으로 만들어 놓다니.'

살아 있다는 게 용할 정도로 처참한 몰골을 하고 있는 사내에게로 다가간 담용은 먼저 눈부터 입에다 갖다 댔다.

차가움이 조금은 정신을 들게 했는지 움찔하던 사내가 정신없이 눈을 퍼먹어 댔다.

두 손에 수북했던 눈이 삽시간에 없어지는 동안 담용은 묶여 있는 줄을 풀었다.

"정신이 드오?"

"······?"

담용이 묻는 말에 눈두덩이 심하게 부풀어 오른 사내의 안색이 확연하게 바뀌는 것이 보였다.

당연히 담용만이 표정을 볼 수 있는 모습이었다.

그러나 얼굴이 워낙 일그러져 있어 나이를 짐작키가 어려웠다.

사내는 여태껏 들어 본 말투가 아니어서인지 일그러진 안면에 복잡한 감정을 드러냈다.

"누, 누구······?"

"나는 남한에서 온 사람이오. 그러는 댁은 누구시오?"

"나, 남조선? 아, 아니, 남한? 차, 참말이외까?"

굵직하고도 억센 북한 말투다.

말투로 보아 대략 40대로 짐작됐다.

"그렇소. 여기가 북한 공작원들의 아지트라는 정보를 듣고 잠입했소만······ 댁은 누구시오?"

"······!"

믿기지가 않는지 놀란 표정만 지을 뿐 사내는 쉽게 입을 떼지 않았다.

"뭐, 갑작스런 일일 테니 그 심정을 이해하오. 일단 몸부
터 추스릅시다."

피투성이의 사내를 일으켜 의자에 앉혔다.

"걸을 수 있겠소?"

"바, 발목이……."

"어디 좀 봅시다."

발목을 살펴보던 담용의 안색이 휴지처럼 구겨졌다.

'이런! 아예 비틀어 놨구나.'

오른쪽 발목이 기형적으로 비틀려 완전히 꺾여 있지 않은
가?

고문을 당한 흔적이었다.

'제길, 시간이 없는데…….'

언제 시끌벅적해질지 모르는 터에 애먼 곳에서 시간을 허
비하고 있는 셈이었다.

그렇다고 그냥 지나칠 수도 없는 상황.

담용이 사내의 오른쪽 다리에 손을 대고는 차크라의 나디
를 주입시키며 말했다.

"좀 아플 거요."

'요' 자가 끝나는 순간, '투둑' 하는 소리와 동시에 사내의
입에서 짤막한 비명이 터져 나왔다.

"잘 참았소."

차크라의 나디가 아니었으면 더 고통스러웠을 터였지만 이것도 사내의 복인 듯했다.

담용이 고문 도구들을 걸어놓은 곳에서 천 쪼가리를 가져온 뒤 때리다가 부서진 듯한 나뭇조각으로 부목을 만들어 발목을 고정시켰다.

"당장 걷기는 어려울 테니 내게 업히시오."

"고, 고맙소."

사내는 등을 내미는 담용의 등에 덥석 업혔다.

이것저것 가릴 처지가 아니었던 사내로서는 사양이 사치임을 모르지 않았다.

몇 계단을 올랐을까?

담용의 세심하나 거침없는 행동이 의심을 지우게 했는지 사내의 입에서 주저하는 투의 목소리가 들려왔다.

"내래…….."

"……."

"조선민주주의 인민공화국 총정치국 소속 대좌 이민혁이라 하외다."

우뚝!

이번에는 담용이 깜짝 놀라 걸음을 멈췄다.

'뭐? 초, 총정치국의 대좌라고?'

난데없이 이게 웬 '왕건이'란 말인가?

대좌라니!

그것도 북한 최고위층에 해당하는 총정치국 소속이다.

남한으로 치면 대좌는 대령급에 속하는 군 고위직인데, 담용이 알기로 북한의 총정치국이란 부서가 노동당의 군부 통제를 실질적으로 집행하는 기관이라는 점이 더 문제였다.

다시 말하면 당과 수령의 보위기관으로서 군부 내의 불만 등 사상 동향의 면밀히 관리, 감독하면서 김정일의 군부 통치를 강화하는 조직이란 것이다.

그야말로 핵심 간부 중에 핵심이 아닐 수 없다.

대남 공작을 담당하는 정찰총국과 비교해도 우위에 있는 조직으로, 그곳의 대좌급이라면 일반 부대의 계급으로 중장, 즉 남한의 소장 직급인 것이다.

'하! 이 당시 이런 일이 있었나?'

매스컴에 보도가 된 적이 없으니 알 길이 없다.

그 이유는 체포되어 이대로 방치되어 죽었거나 아니면 북으로 이송됨으로써 그냥 묻혀 버렸을 가능성이 컸다.

그런데 담용이 개입함으로써 죽을 운명이었던 북한 총정치국 대좌가 구함을 받게 됐다.

비록 일개인의 일이긴 하지만 일종의 비틀림이라 할 수 있었다.

'혹시…… 망명?'

북한을 탈출하다 잡히지 않았다면 이 지경이 될 이유가 없었다.

바인더북

'만약 북한 군대의 대좌가 망명한다면 군부의 최고위급이 되는 셈인가?'

말 그대로 사건인 셈이었다.

망명에 성공해야 한다는 조건이 붙겠지만 한국으로서는 결코 작은 일이 아닐 것이다.

'북한 총정치국 대좌의 망명이라면 일종의 체제 동요의 징후라는 건가?'

담용이 놀라는 사이 이민혁이라고 자칭한 사내의 말이 계속 들려왔다.

"가능하다믄…… 내 가족이 있는 곳으로 데려다주기오."

"가, 가족? 북한에 있는 가족 말이오?"

"아니외다. 이곳 선양에 있시오."

"그 문제는…… 일단 여길 벗어난 다음 얘기합시다. 지금은 내 임무도 있으니 말이오."

"공안과 공작원 들이 내 가족들을 찾아내는 건 시간문제야요. 제발, 부탁하외다."

"아! 북한 공작원들은 지금 그럴 시간이 없는 상황이니 시간은 있을 거요. 그러니 안심하시오."

그동안 갇혀 있었으니 공안국이 폭삭 주저앉아 공안들이 정신없이 바쁘게 됐음을 알지 못해 우려하는 것이리라.

"어, 어떻게……?"

가족의 생사가 달린 문제라 그런지 강렬한 눈빛으로 장담

할 수 있냐고 묻는 눈치다.

"당신 말대로 공안들이 출동했지만 대폭발로 인해 모두 철수한 상태라오."

"아! 그럼. 며칠 전의 폭발이……!"

"맞소. 걔들은 지금 혼비백산한 상황이라오."

"아아, 다, 다행이오. 사실 여기 파견된 공작원들이라야 숫자가 몇 안 되니……."

한결 안심하는 표정인 이민혁이었지만 담용은 심적 타격을 받을까 저어해 굳이 흑사회까지 동원되어 수색하고 있음을 말하지는 않았다.

"나와 가족들을 남한으로 데려다주기요. 망명하고 싶소."

"마, 망명?"

짐작은 했지만 본인이 직접 거론하자, 담용의 심장이 두방망이질을 해 대기 시작했다.

아울러 드는 생각이 있었다.

기억의 저편에서 이런 일이 있었지만 그 어디에서도 들어본 바가 없었다. 결국 망명에 실패했었다는 것이 확실했다.

"가족은 어디 있소?"

"선양 외곽에……."

아직은 완전히 믿지 않아서인지 확실한 지점은 밝히지 않고 말을 얼버무렸다.

하지만 상관없다, 자연적으로 밝혀질 테니까.

"발각된 지는 얼마나 됐소?"

"오늘이 며칠이오?"

"10월 20일 금요일이오."

"16일에 잡혔으니……. 후우, 벌써 닷새나 지났소이다."

그러는 사이 지하를 벗어나 1층으로 올라왔다.

"일단 여기서 몸을 추스르면서 좀 기다려야겠소."

"고, 고맙소."

담용은 의자를 끌어다 이민혁을 앉게 했다.

'전화를 해도 되려나?'

휴대폰이 안 되니 천생 일반 전화를 써야 했다.

'기록이 남을 텐데…….'

잠시 망설이던 담용은 이민혁의 처리 문제로라도 뤄시양과 대화를 나눠야 했다.

북한 총정치국 대좌의 망명 사건은 이번 임무보다 더 중요할 수 있었기에 뤄시양과 통화를 해야만 했다.

담용은 책상 위의 전화기를 들려다가 멈칫했다.

'이 전화선으로는 곤란하겠군.'

코드를 빼 버린 담용이 단자함을 열어 전화기를 여분의 선에 직접 연결하는 작업을 했다.

국정원 교육 중에 배운 기술 중 하나로 간단한 것이었다.

다만 일반 전화인 경우 도청, 감청을 피할 수는 없었다.

휴대폰 역시 마찬가지겠지만 유선의 경우는 더 적나라하

게 노출되기 때문이었다.

띠이이…….

연결이 됐다는 신호음이 잡혔다.

'근데…….'

어떤 식으로 대화를 해야 하는지 몰라 담용이 곤혹스러운 표정을 자아냈다.

탈북자나 망명자의 경우 그에 따른 매뉴얼, 즉 지침서가 있을지 몰라서였다.

아니, 그 전에 알고 있는 일반 전화번호가 없었다.

'아, 쪽지.'

빈민가의 집을 나설 때 뤼시양이 줬던 쪽지를 꺼내서 살펴 보니 사안에 따른 접선 장소가 적혀 있었다.

당연히 비상시를 대비한 일반 전화번호까지 있었다.

문제는 뤼시양이 이 전화를 받을지가 의문이었다.

'흠, 일단 시도해 보자.'

누가 받든 연결해 줄 방법이 있을 것이라 여겼다.

'어떤 내용으로 대화해야 적당할까?'

이 역시 몇 가지 지침에 의한 것으로, 적의 감청 및 도청에 대비해 자연스러운 패턴을 선택해야 한다.

당연히 이런 경우를 대비해 제법 공들여 훈련을 받은 바가 있었다.

지금은 공안들이 수사본부까지 차려 놓고 실마리를 잡느

라 부산한 시점이다.

탐문 수사에서 도청, 감청에 이르는 수사망을 선양 전 지역에 깔아 놓았다고 해도 과언은 아닐 것이다.

꼽추로 변장해 이곳까지 오면서 본 통신 차량만 무려 두 대였다.

서쪽과 중앙 쪽에 각각 한 대가 배치됐다면, 나머지 동, 남, 북쪽에도 배치됐다고 봐야 했다.

그것으로 보아 중국 당국의 도, 감청 시스템이 첨단을 걷고 있다는 얘기가 된다.

고로 도, 감청을 감안해 뤼시양과 대화를 나눠야 했다.

'송골매가 적당하겠어.'

잠시 송골매에 대해 주르르 떠올린 담용이 전화를 걸었다.

신호가 가고 뤼시양의 조심스러우면서도 급박한 말투가 들려왔다.

감청이나 도청이 있을 수 있어 그런지 중국어였다.

─무슨 일이오?

"통화 가능하오?"

─지금이 몇 신데…… 바쁜 일이 아니면 아침에 합시다.

"……."

담용은 어쭙잖게 대꾸하기보다 침묵으로 대답을 대신했다.

알아서 판단하란 뜻이다.

─아놔…… 횡설수설하지 말고 간단히 말해 보시오.

눈치채지 않게 말하란 뜻.

'이 양반이 나를 너무 띄엄띄엄 보는군.'

뭐, 조심하자는 데야 이해하지 못할 것도 아니다.

"깜빡 놓고 온 게 있어서 사무실에 들렀다가 땅바닥에서 뽈뽈 기고 있는 매를 한 마리 주웠소."

—난 또 뭐라고. 그따위 잡새는 취급하지 않소.

"잡새가 아니라 매라니까요!"

매는 심상치 않은 인물이거나 사건을 뜻하는 암어였으며, 주웠다는 건 구했다는 뜻이다.

—아! 방금 매라고 했소?

"그렇소."

—확실한 거요?

"에이, 왜 이러실까? 알다시피 나도 매에 대해서는 조금 안다고 할 수 있지 않소?"

—혹시 종류를 알 수 있겠소?

"북방 매는 절대 아니오."

—하면! 혹시……?

"배에 세로무늬가 나 있는 걸로 보아 보라매 같소."

—헉! 보, 보라매라고요?

"내가 보기엔 분명히 태어난 지 몇 개월 안 된 청매요."

—헐! 처, 청매라니!

상대의 격앙된 음성으로 보아 많이 놀란 듯했다.

물론 다분한 연극이자 쇼를 하는 것이지만, 몇 개월 안 된 청매란 것은 북한에서 갓 탈출한 고위급이란 뜻으로 알아들었기 때문이다.

―저, 정말 청매라면 부르는 게 값이오.

뤄시양의 말투가 살짝 떨렸다.

"하하핫, 랴오뚱遼東에서만 서식하는 청색 보라매라면 놀랄 줄 알았소."

―정말이라면 부르는 게 값일 거요. 진정한 응사라면 그러고도 남지, 아암, 허허헛.

여기서 잠시 매에 대해 언급하자면, 매는 나이나 살았던 장소에 따라 이름이 달리 붙었다.

즉, 몸이 날렵하고 활동성이 강해서 가장 사냥 성공 확률이 높은 매를 '보라매'라고 하며, 태어난 지 1년이 넘지 않은 놈이다.

바로 해동청 보라매인 것이다.

보라매라면 산에서 야생화가 덜 된 것이라 길들이기에 좋다.

특히 '꿩 잡는 게 매란 식'으로 꿩 전문 사냥꾼으로 불리는 놈이 보라매다.

보라매가 사람 손에서 한 해를 나면 '수진이'이라 하며, 산에서 1년을 난 것은 '산진이'라 부른다.

보라매는 전라도 전통 민요인 '남원산성'의 가사에도 언급이 되고 있다.

남원산성 올라가 이화문전 바라보니 수진이 날지니 해동청 보라매 봐라, 저 종달새 석양은 늘어져 갈매기 울고 능수버들 가지 휘늘어질 때…….

국정원에서는 그런 매를 두고 암어로 사용하고 있는 것이다. 경우에 따라 다르겠지만 그리 흔하게 쓸 수 있는 암어는 아니다.

이 모두 CIA의 도청이나 감청이 기승을 부리는 데서 기인한 바가 컸다.

"그런데 이놈이 많이 다친 것 같소."

－상태가 많이 안 좋소?

"내가 보기엔 그런 것 같소. 여기저기 파편 조각이 보이는 걸로 보아 아마도 이번 폭설로 공안국 근처를 헤매다가 폭발의 영향을 받지 않았나 싶소만……."

－어? 그거 그럴듯한 얘기 같소. 그나저나 살릴 수 있었으면 좋겠는데…….수의사를 불러야 할 정도로 상처가 심하오?

"글쎄요. 당신 같은 응사鷹師라면 이 정도 상처쯤은 금세 고칠 것으로 보이긴 하오만 어떨지 모르겠소."

응사는 사냥에 쓰는 매를 사육하고 사냥하는 사람을 말했다.

－흠, 일단 어떤 상태인지 좀 봅시다. 안 그래도 키우고 있는 매가 너무 늙어서 고민하고 있던 참이오. 당장 만납시다.

"그럼 늘 만나던 곳에서 기다리겠소."

-거긴 요즘 검문이 좀 심해서……

잠시 말을 끊은 뤄시양이 말을 이었다.

-어제저녁에 동료들과 술을 좀 과하게 마셨더니 속이 거북하오. 같이 마라탕麻辣烫이나 한 그릇씩 하는 건 어떠오?

마라탕은 중국식 해장국임과 동시에 뤄시양이 쪽지에 적어 준 접선 장소를 뜻했다.

"뭐, 어차피 나 역시 어제 술이 과했으니……."

-그럼 됐소. 마라탕집에서 만나는 걸로 합시다. 당장 나가겠소.

"아! 내가 급한 일이 있어서 좀 늦을 거요."

-송골매가 죽어 버리면 돈을 손에 쥐지 못할 텐데요?

"내가 보기엔 그때까지는 견딜 수 있을 것 같소."

-하면 얼마나?

"넉넉잡고 1시간이면 충분하오."

-알겠소. 아무래도 새장이 필요하겠구먼.

새장은 운송 수단을 말함이다. 부상자를 걷게 할 수야 없지 않은가?

"응급조치를 하려면 약품도 좀 있어야 할 거요."

-에이, 하필이면 빈털터리가 됐을 때 돈 들어갈 일이 생기다니……. 일단 놈을 따뜻하게 해 주시오.

"꽁꽁 싸매 놓겠소."

-시간에 늦지 않길 바라오.

"걱정 마시오."

─아무튼 그동안 압박이 심했는데…… 한시름 놨소.

'엉? 이건 또 무슨 말이야?'

정형화된 대화에 엉뚱한 말이라니.

"뭐, 그야……."

되묻기도 뭐해서 얼버무렸지만 이해가 되지 않는 말이라 통화를 끝내는 게 낫겠다 싶었다.

사실 길게 통화한 이유는 도, 감청자들의 의심을 피하기 위해서였다.

대화가 짧으면 오히려 의심을 살 수 있었기 때문이었다.

"이따가 봅시다."

탁.

통화를 끝낸 담용이 이민혁을 쳐다보니 축 늘어져 있었다.

'이런 기절했군.'

아마도 갇혀 있는 동안 긴장감을 견뎌 내느라 피로가 켜켜이 쌓였던 것이 원인일 것이다.

그랬던 것이 담용에게 구함을 받고는 살았다는 생각에 잔뜩 조이고 있던 긴장을 일시에 풀어 버린 결과이리라.

'차라리 잘됐군.'

그러지 않아도 밖으로 나갈 때 기절시킬 작정이었다.

벽체를 그냥 통과하는 모습을 보일 수는 없지 않은가?

현지 조달

시간에 쫓긴 담용이 경계를 늦추지 않으면서 계단을 나는 듯이 올라 5층에 다다랐다.

인기척은 느껴지지 않았지만 눈에 먼저 들어온 것은 복도 끝 쪽의 희미한 불빛이었다.

그것도 두 칸에서만 흘러나왔다.

어쨌든 사람이 있다는 증거다.

'뭐야? 촛불을 켠 거야?'

하기야 비상 발전기가 있다는 자체가 사치인 애들이라 딴 은 이해가 갔다.

기척을 죽이고 가까이 다가가니 짜증이 가득한 칼칼한 목 소리가 들려왔다.

"이봐! 이보라우! 강 동무! 강 동무! 안 들리네? 이보라우! 이보……. 잉? 뭐야? 왜 띠띠거리네?"

　딸깍. 딸깍. 딸깍.

　"뭐이야? 어캐 된 기야? 와 불통이네?"

　전화를 다시 걸어 보는지 디리릭디리릭하는 소리가 났다. 딱 들어도 다이얼식의 구식 전화기다.

　"이런 쌍!"

　대뜸 터져 나오는 욕설 끝에 '쾅' 하고 부서질 듯한 소리와 함께 고성이 들려왔다.

　"고함묵이! 전화가 와 불통인 거이야?"

　"조장 동지, 아무래도 유선까지 끊어진 것 같습네다."

　"끊어져?"

　"예."

　"방금까지 잘됐었는데 와 끊어진단 말이가?"

　"선이 간당간당했갔지요."

　"이런 쌍! 손전화(휴대폰)도 불통이고…… 되는 기 없구만기래."

　"최 동무에게 무전 치라고 하겠습네다."

　"그까이 고물을 써서 뭐 하갔네, 냅두라우. 오늘 오전까지 수금하러 오겠다고 했으니끼니 오갔지. 그보다 날밤을 까면서 악을 바락바락 써 댔더니 배가 고프구만기래."

　"조장 동지, 꼬부랑국수(라면)라도 드시것습네까?"

"기래. 거 꼬부랑국수 좀 먹자우. 내래 배가 고파서 못 견디갔어."

"옙! 날래 끓여 오갔시요."

"이보라우, 가는 길에 그 아새끼 물도 좀 주고 오라우. 뒈 졌 뿌리먼 사달이 날 거이니."

"꼬부랑국수도 줍네까?"

"일주일 굶었다고 뒈지지 않아. 물만 멕이라우!"

"알겠습네다."

벌컥!

동작이 얼마나 재빠른지 말이 끝남과 동시에 출입문이 열렸다.

'이크.'

담용이 아직은 제압할 때가 아님을 판단하고는 얼른 고스트 트릭을 이용해 옆방으로 스며들었다.

"어어……."

큰 소리가 들려오는 옆방에 귀를 기울이고 있던 작달막한 인민복의 사내가 난데없이 벽에서 사람이 튀어나오자 눈을 휘둥그레 뜨고는 말을 내뱉지 못하고 버벅대며 엉거주춤 몸을 일으켰다.

담용 역시 작달막한 사내와 눈이 마주치자, 당황하기는 마찬가지였다.

'젠장.'

재빨리 염동역장을 펼쳐 소리가 새어 나가지 못하게 한 담용이 미끄러지듯 사내에게 다가가서는 냅다 목덜미를 가격했다.

"컥!"

작달막한 사내는 상상 이상의 비현실적인 사태에 뇌가 일시 마비되어 있다가 담용의 수도 한 방에 '뿌득' 하고 목뼈가 부러지면서 즉사했다.

사내가 풀썩 쓰러짐과 동시에 '덜컥' 하는 소리에 이어 출입문이 열리면서 고함묵이 들어섰다.

"어이, 최 동무, 꼬부랑…… 어?"

출입문이 열리는 것과 때를 같이 하여 몸을 움직인 담용은 이미 거리를 지우며 고함묵의 코앞에까지 다가와 있었다.

"누, 누구……?"

퍼억!

말을 채 맺기도 전에 시커먼 그림자에 의해 느닷없이 복부를 강타당한 고함묵의 몸이 새우처럼 구부러졌다.

"꺼억!"

적막을 일시에 깨뜨리는 송곳 같은 비명 대신 억눌린 신음이 흘러나올 때, 또다시 뒤통수에서 극통이 느껴졌다.

철푸덕.

앞으로 고꾸라지면서 바닥에 처박힌 고함묵이 사지를 바르르 떨더니 잠잠해졌다.

손에 사정을 두지 않고 손을 쓴 결과였다.

고함묵의 목에 손가락을 짚어 본 담용이 작달막한 사내에게 곧장 다가가 코에 손을 댔다가 뗐다.

모두 숨이 끊어진 상태임을 확인한 담용의 눈빛은 더 서늘해졌다.

'그동안 죽어 나간 탈북자들의 목숨값이라고 생각해라. 네놈들은 이제 겨우 첫 번째 고통의 숨결을 토해 낸 것뿐이니까.'

고함묵과 작달막한 사내를 양손에 쥔 담용이 창가로 다가가 창문을 열었다.

싸늘히 불어오는 바람이 음울해지는 마음을 일깨웠다.

세상은 잠이 든 설원 속의 암흑천지였다.

그 속에서 대폭발의 여파로 인해 허둥대는 광경들이 들어왔다.

전기를 대신한 차량의 불빛들, 공안들의 손전등, 심지어 곳곳에 모닥불까지 동원됐다.

그런 와중에 잿더미가 된 잔해에서 심심하면 발견되는 시체들도 있었다.

이를 노린 담용이 밖을 살피더니 잔해가 뭉텅이로 몰린 곳을 발견하고는 두 사내를 있는 힘껏 내던졌다.

의도는 건물이 무너지면서 봉변을 당한 것처럼 위장하려는 것.

두 번의 둔탁한 소리를 뒤로한 담용이 매정하게 창문을 닫았다.

핏자국 하나 없는 완벽한 살인, 아니 실종. 아무래도 좋았다.

설사 놈들이 실마리를 찾더라도 시간이 걸릴 것은 자명했다.

이제 더 이상 걸리적거릴 게 없다고 여긴 담용이 그대로 벽을 통과했다.

마치 일부러 부딪치듯 서슴없이 다가선 담용이 사라지고 벽 너머의 다른 방에 홀렁 모습을 드러냈다.

'응?'

드릉. 드르릉.

실내가 눈에 들어오기도 전에 코 고는 소리가 먼저 들렸다.

'그새 졸아?'

흥분해서 고함을 치던 때가 얼마나 됐다고 벌써 곯아떨어진단 말인가?

책상에 발을 올린 채, 회전의자에 널브러져 고개를 꺾고 수마에 빠져 있는 사내는 들고 가도 느끼지 못할 정도로 늘어져 있었다.

'헐, 빠르기도 하네.'

저 정도면 날밤을 여러 날 새웠다는 얘기다.

뭐, 담용이야 몰랐지만 김민철로서는 외화벌이 목표액을 맞추기 위해 피가 마르는 시간들이었던 터라 자금을 얼추 맞춰 놓은 지금은 긴장이 풀릴 때인 것이다.

바짝 긴장했던 사람이 풀리면 몸이 노곤해지면서 전신이 풀어지는 것은 당연한 현상이었다.

'인상이 별로군.'

웬만큼 시끄러워서는 깨어나지 않을 것 같은 깡마른 체구의 사내는 생각했던 것보다 젊었다.

서른 살 전후?

인상? 별로 좋지 않았다. 아니, 고약한 편이었다.

볼은 홀쭉 파인 데다 생기를 잃고 움푹 꺼진 눈, 그 위로 신경질적으로 고랑이 진 이마의 주름은 덤이었다.

"푸훗! 토카레프로군."

허리에 차고 있는 권총이 그랬다.

"간덩이가 부은 놈인가?"

안전장치가 없는 토카레프여서 하는 말이었다.

이미 오래전에 생산이 중단된 소련제 총기로, 디자인과는 거리가 먼 만큼이나 지극히 간단한 구조로 되어 있었다.

일명 '떼떼권총'이라 불리는 총기는 위력이 약한 반면에 관통력은 괜찮은 편이었다.

무엇보다 살벌하도록 싸다는 것이 장점이었다.

'요즘 10달러쯤 하나?'

아마 미국이라면 더 쌀지도 모른다.

모르긴 해도 이곳 중국 역시 저런 토카레프가 대세를 이루고 있을 것이다.

2차 세계대전 중 소련의 제식 권총으로 채용되어 사용되다가 이후에 동유럽 각국과 중국, 북한 등에 대량 보급이 되었으니 틀림없을 것이다.

그러니까 무려 50년도 더 된 골동품이나 다름없다.

담용은 권총을 치울까 하다가 그만뒀다.

저걸로는 자신의 몸에 생채기 하나 내지 못할 것을 알기 때문이었다.

'마치 빈 건물 같군.'

담용의 눈에 역시나 세 개의 촛불을 제외하면 장식물이라곤 거의 없는 실내가 보였다.

있다면 벽에 걸린 인공기를 가운데 두고 양옆으로 김일성 김정일 초상화와 구석진 곳에 허리 높이까지 오는 철제 금고 하나.

한마디로 무식할 정도로 투박하고 컸다.

마치 돈이나 기밀 서류들을 철옹성처럼 굳건하게 지켜 내겠다는 의지의 소산이 금고에 몰려 있는 것만 같은 느낌이었다.

그 외에는 구석에 잡동사니들을 모아 둔 것 같은 허름한 종이 박스를 제외하면 횅했다.

그 흔한 컴퓨터도 없었다.

돈이 없어도 이렇게 없나? 아니면 생활 습관인가?

건물이 아까웠다.

그래도 선양 시내 중심가에 위치한 건물이라면 그 가격이 만만치 않을 텐데 말이다.

'금고 하나는 튼튼해 보이는군.'

굳이 깨울 필요가 없다고 여긴 담용은 금고부터 열어 보기로 했다.

툭툭.

웬만한 힘을 가해서는 끄덕도 하지 않을 만큼의 뭉툭한 느낌이 손바닥에 전해졌다.

'깨워? 말어?'

금고를 열 수 있는 비밀번호 때문에 살짝 갈등이 됐지만 일단은 무시하기로 했다.

뭐, 깨어난다면 그때 조치하면 된다.

코까지 고는 것을 보면 쉽게 깨어날 것 같지는 않았다.

'금고라…….'

국정원 교육과정에 시건장치에 대해 잠시 들여다본 건 있었지만 비교적 간단한 자물쇠에 관한 것이었지 정교한 금고까지는 아니었다.

쑤욱.

차크라를 운기해 고스트 트릭을 발현시켜 손을 집어넣었

다.

그런데 손을 넣자마자 닿는 것이 있었다.

아래위로 휘저어 보니 어째 여분의 공간이 없을 정도로 가득 차 있는 느낌이었다.

더듬더듬.

아래위 두 칸으로 되어 있는 구조다.

'서류?'

고스트 트릭을 확장시킨 담용이 손에 짚이는 대로 끄집어 내기 시작했다.

두툼한 서류 봉투가 담용의 옆에 계속해서 쌓였다.

'뭔 서류가 이렇게 많아?'

꺼내 놓고 보니 담용의 허리에까지 쌓였다.

서류는 뤄시양에게 넘기기로 한 담용이 아래 칸을 휘저으니 가방이 잡혔다.

'무겁네.'

끌듯이 꺼내 보니 검정색 보스턴 가방이었다.

지이이익.

지퍼를 열었다.

'호오-!'

단박에 미소가 머금어졌다.

묵직한 만큼 돈다발로 꽉 채워진 가방.

돈다발을 대하는 순간, 그동안의 노고가 한순간에 보상받는 기분이었다.

뒤적뒤적.

'오호. 달러, 엔화…… 위안화.'

모두 1백 장 단위로 깔끔하게 정리되어 있었다.

마치 다림질한 것처럼 빳빳한 것이 아마도 상부에 상납하는 돈이라 일부러 손질을 해 놓은 듯했다.

'참…… 가지가지 한다.'

한국 돈은 없었지만 조금도 아쉽지 않았다.

'이 정도면 꽤 되겠는걸.'

국정원 요원들의 활동 자금으로 쓰기에 충분한 금액이라 잠입한 목적을 1백 퍼센트 이상 달성한 셈이다.

'또 뭐가 있을까?'

이번에는 견고한 나무 상자 하나가 잡혔다.

그런데 돈이 든 가방보다 더 묵직했다.

'뭔데 이리 무거워?'

질질 끌다시피 꺼내 보니 국방색 페인트가 칠해진 나무 상자였다.

대략 가로 35센티미터, 세로 20센티미터, 높이 20센티미터 정도의 자물쇠가 달린 상자였다.

자물쇠는 투박했지만 그리 정교한 게 아닌 걸 보면 담당자 외에는 열어 보지 말라는 의미로 채워 놓은 것 같았다.

별다른 도구를 사용할 것도 없이 약간 힘을 주어 비틀자 자물쇠는 쉽게 떨어져 나갔다.

뚜껑을 여니 부드러운 천으로 된 덮개가 보였다.

'이거 심상치 않은데?'

어째 은근히 기대가 됐다.

'엉?'

천을 들춘 담용의 눈이 단박에 화등잔만 해졌다.

번쩍번쩍.

광이 났다.

실내가 다 환해진 것 같은 기분을 주는 물건은 다름 아닌 황금이었다.

그것도 크기별로, 아니 중량별로 가지런히 구분해 놓은 황금.

대충 들춰 보니 5그램, 10그램, 100그램, 심지어는 음각으로 1천 그램이라 표시한 골드바도 있었다.

거기에 전부 순도 99.9퍼센트라는 표식까지 또렷하게 음각되어 있기까지 했다.

그런데 중량과 순도는 표시되어 있었지만 제조한 업체 부분은 지워져, 아니 뭉개져 있었다.

아무려면 어떤가, 제조사 표식이 없다고 해서 황금이 고철로 변하는 것도 아니지 않은가?

'으흐흐흣.'

절로 피식대는 웃음이 새어 나왔다.

'이거…… 노다지를 발견한 기분인걸.'

아마도 외화벌이를 통해 마련해 놓은 금일 터였다.

당연히 김정일에게 상납될 돈과 황금일 테고.

그걸 중간에서 쓱싹하는 기분이 또 묘했다.

기껏해야 돈 몇 푼 뜯으러 온 것일 뿐인데 이런 대박 횡재라니!

'손수레를 가져오길 잘했군.'

이 역시 컬래버레이션의 조화인지 어째 일이 술술 풀리는 기분이 들었다.

아울러 또 무엇이 나올지 기대가 됐다.

금고 안에 손을 넣어 휘젓자, 이번에는 부스럭대는 비닐이 만져졌다.

더듬대며 있는 대로 모두 꺼냈다.

이제 더 더듬어 봐도 금고는 텅 비었다.

금고의 자물쇠는 연 흔적이 없는데 물건이 없어졌으니 영문을 모를 것이다.

담용은 조금 통쾌한 마음이었다.

한데 이건 또 뭔가?

투명 비닐 안에 명반처럼 생긴 하얀 결정체, 척 봐도 마약인 걸 알 수 있었다.

족히 50킬로그램은 됨 직한 분량.

'쯧, 이게 왜 안 나오나 했다.'

사실 금고를 뒤지면서 마약이 있을 거라 짐작은 했었다.

북한의 외화벌이 중에 하나로 반드시라고 해도 좋을 만큼 등장하는 물품이 마약이라는 것은 전 세계가 다 아는 사실이 아니던가?

그중 가장 흔한 것이 일본어로 히로뽕이자 영어로는 필로폰이다.

정식 영문 명칭이 메스암페타민인 필로폰은 염산에페드린 등 10여 종의 화학물질을 합성시켜 만든 각성제다.

흡입하거나 주사할 경우 환각이나 만성 정신분열증 증세가 나타난다.

기분 좋았던 기억은 잠시, 그 후유증은 오래도록 남아 정신과 육체를 괴롭히는 대표적인 마약인 것이다.

그뿐인가?

위조 지폐는 또 어떤가?

39호실인가 하는 곳에서 만들어 뿌린 것만 해도 무려 1조 원에 달한다는 소문이다.

대상지는 주로 홍콩과 마카오다.

그리고 비록 금액은 적지만 미국, 영국, 일본산 가짜 담배를 생산해 동남아로 수출까지 해 대고 있었다.

압권은 무기 밀매로, 외화벌이 중 가장 규모가 컸다.

금액이 물경 5조 원에 육박하는 대단위 규모였으니 말이다.

이 모두 국정원 교육 중에 들은 일부분이었다.

'깡그리 없애 버리는 게 여러모로 좋겠지.'

마약을 모조리 집어 들었다.

'타인을 피폐시키고 돈만 벌면 된다는 심보가 참으로 고약하군.'

같은 민족이라는 게 부끄러웠다.

하기야 한주먹도 안 되는 김정일과 몇몇 고위층들의 짓거리인 것이지 북한 주민들과는 상관없는 일일 터.

창가로 간 담용이 창문을 열어 놓고는 일일이 북북 뜯어 남김없이 허공으로 흩뜨려 버렸다.

눈 대신 마약 가루가 떨어지는 새벽의 퍼포먼스는 금세 끝났다.

"으으…… 추워."

곯아떨어졌던 김민철이 창문을 통해 차가운 공기가 유입되자, 한기를 느꼈는지 잠에서 깼다.

"이런 쌍! 왜 이리 추운 거이야?"

차가운 바람에 신경질이 났는지 벌떡 일어난 김민철이 책상 위의 재떨이를 돌아서자마자 확인도 하지 않고 냅다 집어 던졌다.

강팍한 인상만큼이나 독랄한 성정을 그대로 드러내는 행동은 아마도 평생 그렇게 살아온 것같이 자연스러웠다.

"헛! 네, 네놈은……?"

그제야 낯선 얼굴이 눈에 들어왔는지 반사적으로 허리에 손이 가는 김민철이다.

잽싸게 투박한 토카레프를 손에 쥔 김민철이 담용을 향해 겨누며 소리쳤다.

"웨, 웬 놈이냐?"

끼릭. 탕-!

애초부터 쏠 작정이었던지 말이 끝남과 동시에 다짜고짜 총을 발사했다.

텅!

뭔가 튕기는 느낌의 소음이 났고, 정작 맞고 쓰러져야 할 상대는 멀쩡했다.

아니, 오히려 천천히 다가오고 있지 않은가?

"헉! 무, 무시기……?"

탕, 탕, 탕!

기함한 표정으로 변한 김민철의 손가락이 움직이는 대로 총성이 연거푸 울렸다.

"무, 무스그…… 이, 이런 거이……?"

뚜벅뚜벅.

담용은 일부러 공포를 조장하느라 발소리를 더 크게 냈다.

급기야 안색이 시체처럼 퍼렇게 변한 김민철이 저도 모르게 주춤주춤 물러서기 시작했다.

"이익!"

이빨을 앙다문 김민철이 다시 총을 발사했다.

탕-!

철컥철컥.

마지막 총성을 끝으로 8+1, 즉 아홉 발의 총알이 모두 소진되어 버렸다.

"으으으…… 아아아……."

비현실적인 말을 듣거나 혹은 보게 되면 절로 나오는 반응.

하지만 사실이라는 것을 알게 될 때, 눈앞이 노래진다.

지금 김민철의 표정이 이를 잘 드러내고 있었다.

후들후들…….

다리가 사시나무 떨듯 요란하게 떨어 댔다.

"으으…… 귀, 귀신! 으아아아-!"

마침내 공포가 극에 달한 김민철이 출입문을 향해 달아났다.

그러나 곧 '쿵' 하는 충격음에 이어 김민철이 뒤로 벌렁 나자빠졌다.

출입문에 채 닿기도 전에 염동역장에 막혀 버렸기 때문이었다.

당연히 김민철이 발사한 총탄은 담용의 사이킥 맨틀을 뚫지 못했고, 총성 또한 염동역장으로 인해 방음 처리가 됐다.

고로 누군가 이곳으로 올 일은 절대로 없었다.

담용이 주저앉은 김민철의 앞에다 의자를 끌어다 앉으면
물었다.

"어이! 네가 여기 대장이냐?"

"이, 이익."

눈에서 독기를 뿜어 대는 김민철은 살의가 무럭무럭 일었
지만 마음속에서만 휘몰아치는 태풍일 뿐이었다.

"나는 너희들이 원수로 여기는 남조선에서 온 국정원 요원
이다. 묻는 말에 대답하지 않으면 네놈을 돌로 만들어 버리
겠다."

'젠장할······.'

담용은 자신이 말해 놓고도 유치찬란하다는 생각이 들었
다.

뭐, 후속타를 믿고 한 엄포였지만 통하지 않더라도 밑져야
본전이다.

통한다면 더없는 공포가 될 것이다.

생전 본 적이 없는 장면일 테니 은근 기대가 되기도 했다.

"······?"

역시 얼토당토않은 말이었던지 두려움 속에서도 믿기지
않는 눈빛을 발하는 김민철이다.

"이넘이! 요즘 어떤 세상인데, 그런 초능력자가 있다는 소
리도 못 들었어? 좋아, 맛보기를 보여 주지."

담용이 손을 스윽 들었다.

순간, 장정 서너 명이 들어야 겨우 옮길 수 있는 철제 금고가 허공으로 붕 떴다.

"……!"

상상하는 이상의 선을 넘어 버린 기함할 광경에 기겁하도록 놀란 김민철의 눈이 찢어질 듯이 부릅떠졌다.

금고가 얼마나 무거운지는 김민철 자신이 제일 잘 알았다.

그랬기에 공포는 더 짙어졌다.

이어서 금고가 부유하는 방향을 따라 김민철의 고개가 좌우로 움직였다.

동시에 단춧구멍보다 작았던 눈이 있는 대로 커지면서 혹시라도 압사할까 두려웠던 나머지 앉은 채로 주춤주춤 물러나기 시작했다.

"움직이지 마라. 다리를 잘라 버리기 전에."

살벌한 말투를 아무렇게나 내뱉는 담용의 표정은 담담했지만 김민철은 뱀을 만난 개구리처럼 움직임을 딱 멈췄다.

"어때? 돌이 될래, 아니면 묻는 말에 대답할래?"

"으으으……"

기상천외한 광경을 본 지금 김민철은 정말 돌로 변할까 두려웠던지 마치 혀를 잘린 사람 같은 신음을 흘려 냈다.

지독한 공포에 사고마저 마비되는 기분이 들었다.

하기야 선양에 파견되어 나와 있다지만 사실 대부분의 세월을 북한에서 갇힌 생활을 해 온 김민철로서는 짜인 틀에서

나 익숙했지 어쩌면 순진하기 짝이 없다고 봐야 했다.

즉, 자연 세상 경험이 풍부하지 못하다 보니 상식이 많이 모자랄 수밖에 없다.

그러니 상상 밖의 재주 하나에 정말 돌로 변할 수 있을 것 같다는 생각이 들어 더럭 겁이 난 것이다.

더욱이 군대란 특수 집단에서 획일적인 교육만 받다 보니 초능력이란 용어조차 듣지 못했을 것을 감안하면 더 그랬다.

어찌 됐든 담용의 듣도 보도 못 한 위력 시위(?)는 독종인 김민철을 단박에 무릎을 꿇리고도 남았다.

담용은 위력 시위 한 가지를 더 보탰다.

화락!

그의 손끝에서 파이로키니시스가 발현돼 불길이 일더니 불덩이로 변했다.

'커헉!'

난데없이 불덩이라니!

김민철의 가슴에 산더미 같은 바윗덩이가 내려앉았다.

담용이 돌연 팔을 쑥 내밀었다.

화끈!

"악!"

김민철의 입에서 새된 비명이 터져 나왔다.

정말로 델 듯이 뜨거웠던 것이다.

그런데 불덩이가 점점 더 커지고 있음에도 정작 당사자는 태연하지 않은가?

야구공이던 것이 배구공 크기로 변한 것이다.

눈을 씻고 봐도 라이터나 성냥으로 일으킬 만한 크기의 불덩이가 아니었다.

그렇다고 휘발유 같은 인화성 물질을 솜에 묻혀 불을 피운 것도 아니다.

그랬다면 손이 불타면서 길길이 날뛰었을 것이다.

불덩이를 손에 올려놓고도 태연한 상대가 인간 같아 보이지 않았다.

그야말로 경악할 현상.

고로 공포는 더 짙어졌고, 마음은 깊이를 모르는 나락으로 떨어져 내렸다.

담용은 마지막 퍼포먼스로 대미를 장식할 생각에 자신이 투과해 왔던 벽을 향해 불덩이를 밀어 냈다.

처음 시도해 보는 것이었지만 기연, 아니 2차 각성 이후 자신감이 생겨서 시도한 것이다.

슈우우-! 펑-!

화악!

가죽 북 터지는 소음과 동시에 불길이 확 일더니, 순식간에 사라졌다.

이어서 드러난 광경은 직경 1미터는 됨 직한 구멍이었다.

구멍 주위는 그을음으로 새까맸다.

김민철의 얼굴은 아예 삼혼칠백이 달아난 표정이었다.

　그도 그럴 것이 최면에 걸린 것이라 여기며 애써 믿지 않았던 것이 여지없이 깨져 버렸기 때문이었다.

　'쯧, 이 정도면 믿겠지.'

　"마! 귀를 씻고 잘 들어. 불은 끌 수가 있지만 한번 돌로 변하면 회복할 수가 없다는 걸 명심해. 그러니 알아서 처신하도록. 다시 묻겠다. 네놈이 대장이냐?"

　절레절레.

　효과가 있었던지 반신반의하던 김민철이 빠르게 고개를 젓는 것으로 금세 반응을 보였다.

　'헐, 진짜 믿는군.'

　눈동자가 심하게 흔들리는 것으로 보아 그렇게 여겨졌다.

　하기야 지금의 김민철로서는 철제 금고가 날고 손에서 불덩이가 날아 벽체를 박살 내는 초월 현상에 자신이 정말 돌로 변할 수 있다고 여겼다.

　당연히 순순히 불 수밖에.

　"그럼 누구지?"

　"조, 조상구…… 대좌."

　대답을 하면서 김민철이 문밖을 힐끗 쳐다보았다.

　"마! 네 부하들은 다 뒈졌으니 쓸데없는 기대는 하지 마라."

　담용은 고의로 말투를 험악하게 해 댔다.

"조상구 대좌? 소속은?"

"……."

"대답을 하지 않는다는 건 돌로 변해도 좋다는 말로 알겠다."

담용이 손을 들었다.

"저, 정찰총국 소속이오."

"어, 그래? 지하에 갇혀 있던 사람과 같은 소속은 아니군?"

"이익, 그 간나 새끼래 반동분자임네!"

뻑!

"컥!"

주르르르. 퍽!

습관처럼 버럭대다가 가차 없는 발길질 한 방에 김민철이 미끄러지면서 벽에 처박혔다.

"이넘이 누구 앞에서 눈을 부릅뜨고 지랄이야!"

척!

담용이 다리를 꼬았다.

"원위치!"

후다닥.

"다시 묻겠다. 이민혁을 고문한 이유가 뭐야?"

"남조선으로 마, 망명을……."

"이민혁의 가족들은 어찌 됐어?"

"모, 모르오."

"못 찾았다고?"

끄덕끄덕.

'다행이군.'

"조상구는 어딨어?"

담용이 묻는 말에 김민철이 불안한 눈빛으로 차곡차곡 쌓여 있는 서류 더미를 쳐다보았다.

철제 금고는 여전히 허공에 둥둥 떠 있었다.

공포의 연속성을 위한 퍼포먼스 차원이었지만, 기연 아니 2차 각성을 한 이후로는 그리 힘들지 않은 사이코키니시스 수법이었다.

'이놈이 당황하더니 아예 대놓고 답안지를 보여 주는군.'

담용이 그 태도 하나로 서류에 전부 기재되어 있다는 것으로 해석했다.

그렇다면 굳이 심문할 필요가 없다.

그러나 가장 중요한 건 물어야 했다.

"족제…… 큼큼."

'제길, 족제비란 이름은 우리가 붙인 거니 이 녀석이 알 턱이 없지.'

"하나만 더 묻지. 어느 놈이 탈북자들을 마구 죽이고 다니는 거야? 그놈의 이름과 인상착의를 말해."

"그 대답을 해 주몬…… 돌은 아이 되는 거이오?"

'이건 뭐…….'

담용도 믿거나 말거나 그냥 해 본 말에 불과한 것인데, 의외로 이따위 유치한 수작이 먹힐 줄은 꿈에도 몰랐다.

김민철의 공포에 전 표정은 그만큼 북한이 폐쇄된 사회라는 것을 보여 주고 있었다.

기실은 김민철이 죽는다는 것에는 변함이 없음에도 공포에 젖는 이유는 돌로 변해 목숨을 잃는 것이 두려웠기 때문이었다.

그런 경우, 실종 혹은 탈북자로 치부되어 북한에 있는 부모나 형제, 친지들에게 악영향을 끼칠 수 있어서였다.

이는 외화벌이를 하던 도중에 죽는 것과는 천지 차이였다.

"그래, 약속하지. 당당히 사람으로 죽는 걸로 해 주겠다."

"이상철이우."

한시름 놨다 싶은 김민철의 대답에 거침이 없어졌다.

"이상철, 인상착의는?"

"서류에 사진이 부착되어 있시오."

말로 듣는 것보다 직접 보란 얘기.

'그렇다면 굳이 랴오허 평원으로 탈출 소문을 낼 필요가 없잖아?'

원래는 족제비란 놈의 얼굴을 몰라 방안을 모색하다 보니 탈북자들이 랴오허 평원으로 탈출한다는 소문을 내서 녀석을 유인해 처치할 생각이었던 것인데, 이제는 그럴 필요가 없어졌다.

그 때문에 자금이 필요해 이곳으로 온 것인데 일이 이상하게 변해 버렸다.

'뭐, 더 잘된 일이지.'

문제는 족제비란 놈이 홀로 움직일 리가 없고 동조자가 있을 것이라는 점이었다.

"달랑 한 놈은 아닐 테지?"

"……."

"거짓말할 생각은 버려라. 네놈을 데리고 다니다가 들통이라도 나게 되면 그 자리에서 돌로 만들어 강물에 처박아 버릴 테니까."

부르르르.

"오격식이와 같이 움직이고 있소."

"누가 더 높아?"

"이상철 중위……."

"그놈 지금 어딨어?"

"시타거리의 다층살림집 어딘가에 있을 거이오."

"이유가 뭐야?"

"탈북자 간나…… 남조선으로 탈출하는 인민들을 잡으러 갔소."

"잡았대냐?"

"아직……."

"못 잡은 이유는?"

"지역이 원체 넓어 놔서리……."

"시간이 걸린다는 얘기냐?"

끄덕끄덕.

"수고했다."

들을 것을 다 들었다 싶었던 담용이 사이코키니시스를 해 제시켰다.

쿠쿵-!

들썩!

"수고했다. 이제 그만 가라."

'라' 자가 끝나는 찰나, 담용이 김민철의 경동맥 부분을 가격했다.

초능력을 본 이상 살려 두기는 어려웠다.

어차피 탈북자들을 죽이는 데에 동참한 자였고, 이 방법이 잘못됐다고 여기지도 않았다.

당연히 양심의 가책도 없었다.

"강도가 든 것으로 위장해 놔야겠군."

담용은 그때부터 격투의 흔적을 비롯해 실내를 마구 어지럽히기 시작했다.

BINDER
BOOK

뭔 일이 이렇게 많은 거야?

담용이 삼지연교역을 떠나는 그 시각.

대한민국의 국정원에서는 예의 차장들이 자신들의 참모들을 대동한 채, 막 밀실에 도착했다.

기실 1차장인 김덕모가 청와대를 다녀온 후 2, 3차장을 불러 회합을 갖는 것이었다.

김덕모의 안색이 굳어 있는 것을 본 조택상이 급한 성격대로 먼저 입을 열었다.

"김 차장님, 안색이 좋지 않아 보입니다. 무슨 일입니까?"

"허헛, 그렇게 표시가 났소?"

"함께해 온 세월이 얼만데……. 기왕에 맞을 매라면 혼자 끙끙대는 것보다 속 시원하게 털어놓는 게 낫잖습니까?"

"뭐, 그럽시다. 먼저……."

김덕모의 시선이 최형만에게로 향했다.

"최 차장님, 제로벡터에게서 연락이 있었소?"

"아직은요. 제로에 관한 얘깁니까?"

"오늘따라 그분께서 제로에 대해 물어보셨어요."

"그래요?"

"예, 제로의 능력이 어느 정도인지 궁금해하시더군요."

"뭐라고 대답하셨습니까?"

"매뉴얼대로 말씀드렸습니다. 그때의 능력 이상은 보이지 못하고 있다고……."

세 차장이 담용의 능력에 대해 합의를 본 내용은 그의 과도한 능력에 대해 그 누구에게도 더 이상 언급하지 않는다는 것이었다.

어차피 국정원이란 부서는 대한민국이란 나라가 존재하는 한 그 명맥을 이어 갈 것이고, 대통령은 고작해야 5년의 임기로 그 임무를 다한다. 비록 국가수반이라고는 하나 아는 사람이 적을수록 국익에 이롭다고 판단한 결과였다.

물론 국익이 걸린 일에 최선을 다하는 것은 변함이 없었다.

말을 길게 끈 김덕모가 옆에 선 이정식 과장에게 턱짓을 했다.

그러자 이정식이 들고 있던 파일을 두 차장 앞에 놓았다.

"한번 읽어 보시지요."

"……?"

"민정수석이 애덤이 전해 준 내용이라며 내게 주더군요."

"애덤이 조동하를 만났다고요?"

조동하는 현재 청와대 민정수석이었다.

그런데 조동하를 언급하는 조택상의 말투에 감정이 다분히 묻어 있었다.

"그래요. 대통령께서도 심히 우려하는 부분이라 우리가 반드시 해결해야 하는 일이오."

조택상과 최형만이 파일을 펼쳐 보니 달랑 A4 용지 한 장과 신문 기사의 내용을 스크랩한 토막지가 나왔다.

A4 용지에는 두 가지 사안이 간략하게 적혀 있었다.

대외비 2건(긴급)

1) 북한 무기 밀수에 관한 건

주무 기관 : 북한 노동당 제2경제위원회

부서장 : 김만철 위원장(현 국방위원)

부부서장 : 전호병 군사담당비서(총책임자)

주무 부서 : 조선노동당 제2경제위원회 제4총국(실무 책임자 : 전강건 국장)

일시 : 근일 내內

장소 : 북한 동강東港 앞바다로 추정.

무기 종류 : 핵무기 부품, 미사일 완제품 및 부품, 무기 생산에 필요한 전자제품 등

지시 사항 : 필히 분쇄하고 보고할 것.

2) 허교익 박사 구출에 관한 건

성명 : 허교익

성별 : 남

나이 : 63세

직업 : 길림대학 사학과 교수(학위 : 박사)

내용 : 중국의 역사 왜곡 프로젝트(일명 동북공정)에 대한 기밀 입수로 인해 현재 가족과 함께 쫓기고 있는 상황.

거주지 : 알 수 없음.

연락책 : 미국 메이암(주) 장춘지사, 지사장 브론 케멀

지시사항 : ①허교익 박사 구출과 동시에 입국시킬 것.

②중국의 역사 왜곡 프로젝트를 발의한 중국사회과학원中国社会科学院 원장, 왕민중王珉忠 박사 및 그 외 관계자 제거(보고 불필요).

역시 성정이 불같은 조택상이 먼저 입을 열었다.

"김 차장님, 이거…… CIA에서 나온 정봅니까?"

"애덤이 왔다 갔으니 그럴 거요."

"쳇! 언제까지 그들의 정보에 의지해야 하는 건지……. 자존심이 상하는군요."

"미국이야 우리보다 20여 년 앞서 수교한 덕에 정보 축적이 우리보다 훨씬 우위에 있는 나라이니 어쩌겠소? 난 이렇게 제공해 주는 것만도 감지덕지라 여기요."

최형만이 나섰다.

"어차피 따라갈 수 없는 분야라면 도움을 받는 게 이롭지요. 그보다 북한의 무기 밀매와 밀수는 어제오늘의 일이 아니라지만 여기 동강 앞바다라면…… 압록강과 서해가 합류되는 지점으로 그들의 앞마당이라 할 수 있는 곳입니다. 위험을 감수하지 않고서는 해결하기 어려울 것 같습니다."

"내 말이……. 우리 요원들이 거기까지 달려가서 죽어야 할 만큼 가치가 있느냐는 거요."

"그래도 어쩌겠소? 이미 지시가 내려졌으니 해내야겠지요."

"헐, 거긴 북한 애들 놀이터나 마찬가진데……. 애들을 그냥 죽으라고 내모는 것과 뭐가 다르다고……. 이건 너무한 처사요."

못마땅한 투로 말을 내뱉은 조택상이 돌아앉았다.

불만이 많은지 미간은 골이 파였고, 입은 툭 튀어나와 있었다.

툭툭.

"최 차장, 진정하시게."

다독거리듯 조택상을 달랜 최형만이 김덕모에게 물었다.

"대통령께서 제로에 관해 물어본 것은 아마도 여기 적힌 두 가지 문제 때문인 것 같은데…… 맞습니까?"

끄덕끄덕.

"내 생각도 그렇소."

"그분도 불가능한 임무라는 걸 아시고 말씀한 거로군요."

"그럴 거요. 하지만 어쩌겠소, 핵이나 미사일은 안보에 지대한 영향을 끼치는 위험한 물건이니 어떤 대가를 치르더라도 막아야지요."

"역시 제로밖에 답이 없겠군요."

대가라는 게 인명이 희생되는 것이었기에 하는 말이었다.

"근자에 제로의 불만이 이만저만이 아니란 걸 모르지 않지만, 최 차장님이 잘 달래 보세요."

"그건 걱정하지 않으셔도 됩니다. 제로도 국가의 안보나 이익이 걸려 있는 일에는 누구보다 적극적이니까요. 그런데 여기 온세계일보에서 기재한 기사를 보면 중국 공안이 밀수업자들을 검거한 것으로 되어 있는데요?"

최형만이 말하는 신문 스크랩의 내용은 이랬다.

중국 인민시보에 따르면 지난 16일 새벽, 지린성 공안국은 단둥 하류 인근에서 밀수업자들의 밀거래 현장을 덮쳐 체포했다고 한다.

　중국 공안은 밀수업자들의 신병을 확보한 결과, 범인은 중국 밀수업자와 그동안 이들과 거래해 온 북한 해외 공작원들이라고 발표했다.

　그동안 북한과의 밀수 행위에 관대하던 공안이 이번에 전격 체포하면서 보도한 사실은 다소 의외라는 것이 본 기자의 생각이다.

　기사를 본 조택상이 돌아앉으면서 의외라는 표정으로 물었다.

　"김 차장님, 이 기사대로라면 중국의 안전 기관이나 해관 경찰이 움직였다는 말이 아닙니까?"

　중국의 안전 기관은 우리나라의 정보기관에 해당했고, 해관 경찰은 세관 경찰을 의미했다.

　"CIA의 판단은 생색에 불과하다는 거요."

　"생색이라니요? 하면 동강 앞바다의 거래를 눈감아 주기 위한 사전 조치라는 겁니까?"

　"사전 조치라기보다 북한과의 밀수를 간과하지 않고 있음을 대외에 내비치기 위한 전시효과를 노린 일이란 거지요."

　"헐, 동강 앞바다의 밀수 거래가 향후에 발각되더라도 몰랐다고 하면 그만이라는 겁니까?"

　"그렇게 보고 있소."

"젠장. 뭐, 중국과 북한과의 관계를 생각하면 흉내를 내는 수준에 그칠 것이라는 말은 정확하게 본 것 같습니다그려."

조택상도 짐작하고 있으면서 확인해 보는 것일 뿐이었다.

"흥! 하긴 품 안의 자식으로 여기는 곳이니 어련하겠습니까만……."

"김 차장님, 그런데 동강 앞바다의 일을 처리하려면 문제가 좀 있습니다."

"최 차장, 말씀해 보시오."

"무기 밀수를 막는 데 필요한 무기가 있어야 하는데, 지금 그쪽과의 연락도 원활하지 않은 판국에 조달하기가 쉽지 않다는 것입니다. 또 그것만이 문제가 아닙니다. 조 과장, 장 부영사에게 들은 말을 말씀드리게."

"예."

조재춘이 나서면 입을 열었다.

"엊그제 선양의 장길훈 부영사가 귀국해서 귀띔하기를 요원들에게 활동 자금을 전하지 못하고 있는 실정이라고 했습니다."

"뭐라? 아니 왜?"

"송 지부장이 실종된 이후로 감시가 더 심해진 게 원인이라고 했습니다."

"전달하는 방법이야 많지 않은가?"

"계좌 이체나 사람을 고용해 보려고 했지만, 작금의 사정은 그것이 오히려 발목을 잡아 일을 더 악화시킬 수 있는 상황이라 시도하기가 난감하다고도 했습니다."

"끙, 하긴 상황이 조금 애매하긴 한데……."

중국으로서는 실종된 송수명을 찾지 못하자, 어떤 방식으로든 엮어서 퉁 치고 싶은 마음인 것은 이미 예상하고 있는 참이었다.

그래서 혹시라도 꼬투리라도 잡힐까 봐 장길훈 부영사도 활동 자금을 전하는 일에 전전긍긍하는 것이다.

"요원들이 활동비가 없다면 할 수 있는 게 많지 않을 텐데. 쯧, 엎친 데 덮친 격이군."

조재춘이 물러나자, 최형만이 말했다.

"그 때문인지는 모르겠으나 선양 지부가 스스로 연락을 끊어 버려 연락할 길이 없는 상황입니다."

"엉? 연락을 끊었다고요?"

"예. 게다가 지금 선양은 공안국 폭발로 인해 경계와 검문이 더 삼엄할 게 자명한 이치라, 자금을 직접 조달하는 건 포기해야 한다는 것입니다. 일본 교토통신에 의하면 선양 공안국이 대폭발로 인해 폭삭 주저앉았다고 합니다. 인명 피해도 적지 않고요."

한마디로 살벌한 분위기라는 것.

"흠, 중국이 축소해서 발표했단 뜻이군요."

"그렇습니다. 교토통신에서 찍은 사진이 딱 한 장인데, 그걸 보면 폭발 반경이 어마어마한 것 같았습니다. 그리고 선양은 지금 범인을 찾느라 공안과 무경이 총출동해 있다고도 했습니다. 여차하면 선양 군구의 한 개 여단까지 출동시킬 태세라는 정보가 있습니다."

"일이 그토록 심각하다면 요원들이 연락을 끊은 건 잘한 일 같군요."

"지침대로 하는 것이겠지만, 혹시 공안국 폭발이 우리 요원들이 관련된 일은 아닌지 염려가 됩니다."

"최 차장님, 혹시 우려되는 거라도 있소?"

"글쎄요. 기우였으면 좋겠지만 혹시라도 돌파구나 희생타가 필요한 중국이 우리 요원들의 소행으로 덮어씌울 수도 있다는 생각이 문득 들어서 말입니다."

"아! 맞아요. 김 차장님, 조 차장 말대로 송 지부장의 실종을 그런 식으로 상쇄시킬 수도 있겠습니다. 아마 요원들도 그걸 예상하고 잠적한 것인지도 모르겠습니다."

"으음, 충분히 일리 있는 말이오. 그에 대한 조치도 필요할 것 같은데 방법이……."

갈수록 태산인 것이, 생각하는 것마다 다 마음에 걸리고 있어 김덕모의 표정이 심각하게 변했다.

임무를 수행하기도 전에 문제가 툭툭 불거져 나오니 김덕모로서는 실로 난감하기 짝이 없을 수밖에.

김덕만의 심정을 읽은 최형만이 차분한 어조로 입을 열었다.

"김 차장님, 너무 우려할 일은 아니라고 봅니다."

"어째서요?"

"우리에게는 그들이 전혀 모르는 존재가 있지 않습니까?"

"제로 말이오?"

"예, 설사 중국이 그럴 마음이 있다손 치더라도 제로가 그 사실을 알게 되면 그들 뜻대로 되지는 않을 겁니다. 거기에 베테랑인 S1이 합류해 있어 제로의 경험 부족을 충분히 메꿀 수 있으니, 그리 우려할 일은 아니라 여깁니다. 그러니 너무 속 끓이지 마십시오."

"하지만 당장 움직일 자금이 없다잖소?"

"하핫, 제로가 S1과 합류해서 같이 있다면 그 문제는 전혀 걱정할 게 못 됩니다. 제로의 능력 중 하나가 뭐든 잘 훔친다는 것이니까요. 이를테면 감쪽같은 대도大盜라고 할 수 있지요, 하하핫."

하기야 야쿠자의 돈을 쥐도 새도 모르게 훔쳐 낸 걸 보면 대도란 말은 맞다.

대도란 잘 훔치기도 해야 하지만 범인이 누구인지 모르도록 하는 완벽한 도둑에게 붙이는 말이니, 제로는 거기에 걸맞았다.

"그거야 여기서나 가능한 일이지……. 아무튼 그렇더라도 요원을 파견해야지 않겠소?"

확실히 조치하자는 얘기.

"요원을 파견하기보다 하얼빈의 H1에게 임무를 맡기도록 하지요. 하얼빈은 선양과는 사정이 다를 테니 안전할 겁니다. 더구나 H1은 뚠면이란 이름의 중국 국적자이니 보다 안전하게 선양으로 이동할 수 있을 겁니다."

"아! 하얼빈이 있었군요."

"아울러 H1이라면 하얼빈에서 필요한 무기를 구입해 옮기는 일도 그리 어렵지 않을 것입니다."

"하하핫, 옳은 말이오."

처음으로 입가에 미소를 지은 김덕모가 물로 입을 살짝 적시고는 말을 이었다.

"이거야 원. 자리가 자리니만큼 어쩔 수 없는 일이라고 해도 우리 같은 뒷방 늙은이들이 앞길이 창창한 젊은이들을 사지로 내보내는 것은 정말 못 할 일이오."

"그래도 해야만 합니다. 머뭇거리다간 시간이 빠듯해 일이 틀어지거나 이미 끝났을지도 모릅니다."

"그래도 이 한마디는 해야겠소. H1에게 일러 제로에게 이렇게 전하라고 하시오. 무슨 일을 하던 책임은 우리 늙은이들이 전부 지겠다고 말이오."

"이미 그렇게 되어 있지 않습니까?"

제로벡터가 본시 그런 존재였기에 하는 말이다.

"알아요. 하지만 그 말 자체가 힘을 실어 줄지도 모르잖소?"

"그렇군요."

맞는 말이었다.

성과를 최대한 이끌어내는 데 주력케 하는 힘의 원천. 그것은 상관들이 그 어떤 책임이라도 지겠다는 말 한마디면 충분했다.

즉 생사를 같이하겠다는 의미이니, 그보다 더 확신을 가지게 하는 말은 없을 것이다.

"그건 그렇게 정리하도록 합시다. 두 번째 안건에 대해 고견이 있으면 좀 들어 봅시다."

"김 차장님, 먼저 동북공정이란 게 뭔지 알아야 될 것 같습니다."

"나도 자세한 건 알지 못하오. 다만 동북이란 단어를 볼 때 아마도 헤이룽장 성과 지린 성 그리고 랴오닝 성에 관한 내용일 거라 짐작이 되오."

"하면 중국이 동북 3성에 대해 역사 왜곡을 하겠다는 뜻일까요?"

"그렇게 짐작되오. 그런 프로젝트가 있음을 허 박사가 알고 CIA에 신변 요청을 했으리라 보오."

"공정이란 의미는 뭐지요?"

"연구 과제란 뜻 아니겠소?"

"Process란 말이군요."

"범위가 넓어 딱히 뭘 집어서 의미하는 건지는 허 박사를 만나 봐야 자세한 걸 알 수 있을 거요."

"헐, 그렇다면 우리가 여기서 아무리 왈가왈부해 봐야 알 수 있는 게 없다는 거잖습니까?"

"허헛, 늘 그래 왔잖소?"

"허 박사를 한국으로 데려오려고 해도 쉬운 일이 아닙니다."

"그렇다면 기왕에 맡기는 거 제로에게 몽땅 일임해 버리죠 뭐. 어차피 겸사겸사 아닙니까? 그리고 지금 동강 앞바다의 일이 급한데 이러고 있을 시간이 있습니까?"

"조 차장의 말이 맞소. 최 차장, 빨리 움직입시다."

"예."

"헐!"

뤄시양은 눈앞에 놓인 돈과 골드바에 할 말을 잃은 채, 넋이 빠진 모습이었다.

"이 정도면 활동비로 충분할 겁니다."

활동비라니!

척 봐도 몇 년 예산을 충당하고도 남아 보였다.

"이, 이게 다 얼마요?"

"세어 보지 않았습니다. 그냥 다 긁어 온 거라……."

"은행은 아닐 테고. 혹시 거길…… 털었소?"

짐작할 만한 곳이 삼지연교역밖에 없었기에 묻는 말이었다.

"예."

담용의 어투는 아무렇지도 않다는 듯 쿨했다.

"아, 아무도 없었소?"

"세 명이 남아 있더군요."

"어, 어떻게 했소?"

쓱.

담용이 대답 대신 목을 긋는 시늉을 했다.

'죽였다고? 뭐 이런 괴물이!'

중국에 파견된 북한 공작원들이라면 사상 검증도 철저하지만, 특수군훈련소를 거친 강병들 중 선발해서 파견시킨 정예 요원들이다.

뤄시양은 그들을 상처 하나 입지 않고 제압해 돈과 금괴를 강탈해 왔다는 것이 좀처럼 믿기지 않았다.

동시에 뒷감당 또한 근심으로 다가왔다.

어찌 됐든 활동비가 고갈된 만큼 한시름 놓게 된 건 천만다행이었다.

담용은 뤄시양의 심정이야 어떻든 천연덕스럽게 가방을 뒤져 서류를 꺼냈다.

"강도가 든 것으로 위장해 놨으니 걱정하지 않으셔도 될 겁니다. 이걸 좀 보십시오. 거기 직원 현황을 보시면 이상철이란 놈이 있을 겁니다."

"……?"

서류를 살피던 뤄시양이 사진까지 부착된 신상명세서를 내밀며 물었다.

"이놈이 족제비란 놈입니까?"

"그렇습니다. 김민철이란 놈을 심문해서 알아냈지요."

"김민철이라……."

뒤적뒤적.

"아, 많이 보던 얼굴이오. 대위라면…… 책임자급이오."

"그런 것 같았습니다."

"족제비란 놈의 얼굴을 알았으니 탈북자들이 요하 평원으로 간다는 소문을 낼 필요가 없겠소."

"그렇죠. 대신에 놈이 어디 있는지 알아야 하니, 사람들을 풀어야 할 겁니다."

"그거야 뭐…… 돈만 있으면 여반장이오."

"당장 시작하시지요?"

"그럽시다."

"그리고 김민철의 말로는 조상구가 이곳 선양의 총책임자라고 했습니다. 계급은 대좌라 하더군요."

"대좌라면 선양에 파견되어 있는 북한 공작원들의 대장일 겁니다. 그러니까 정찰총국에서 파견된 총군관인 셈이지요."

"어디에 있습니까?"

"아마 북한 총영사관에 있을 거요."

"총영사관요?"

"선양은 동북 3성 중 가장 중심이 되는 곳이오. 미국과 한국 그리고 북한이 총영사관을 설치해 놓고 치열한 첩보전을 벌이고 있는 곳이란 말이외다."

매우 민감한 지역이라는 뜻.

"더군다나 여긴 선양 군구 총사령부까지 있는 곳인 만큼 그 어느 지역보다 살벌해서 북한 대좌급의 총군관이 머무는 건 당연하오. 이거 제법 시끄러워지겠소이다."

얻은 게 있는 만큼 어려워질 것도 생각하란 말.

담용은 못 들은 척하며 벽에 부착된 지도로 다가갔다.

"여기가 원래 우리 땅이죠?"

"뭐, 선조들의 땅이었으니……. 하지만 힘이 없는 지금은 대놓고 우리 땅이라고 말할 수 있겠소? 나는 간도만 찾아도 원이 없겠소."

'하긴…….'

간도.

요동 수복을 언급하기 전에 간도부터 찾는 게 우선이었다. 아니, 반 쪼가리일망정 동간도(북간도)라도 찾았으면 싶었다.

오죽했으면 지난 2007년이 동간도를 빼앗긴 지 99년이 되는 해라 소유권을 주장할 수 없는 기간인 100년이 지나기 전에 국제사법재판소에 슬쩍 서류만 넣어 기간을 유예했을까?

자세한 사정이야 국가 기밀이라 알 도리가 없지만 담용의 기억은 그랬다.

그에 관한 원인의 시발점은 대략 이렇다.

19세기 후반에 우리 겨레의 이주민이 늘어 그곳에서 새로운 생활 터전을 꾸미자, 청나라는 간도 개간 사업을 벌인다는 구실로 우리 조정에 한민족 철수를 요구하여 간도 귀속 문제가 일어났다.

이에 조정에서는 이중하를 보내어, 백두산정계비의 비문에 경계로 되어 있는 토문강은 송화강 상류이므로 간도가 우리 영토임에 틀림없다고 주장하고, 어윤중을 서북 경략사로 삼아 이에 대처하도록 하였다.

그러나 청나라는 토문강을 두만강이라고 우겨 회담을 결렬시키면서 간도의 소유권을 계속 주장했다.

그 뒤 러시아가 간도를 점령하자, 정부에서는 이범윤을 간도 관리사로 보내어 간도를 함경도의 행정구역으로 포함시켜 관리하게 하는 한편, 포병을 기르고 조세를 받아 간도가 우리 영토임을 재확인하였다.

그러나 을사조약으로 우리의 외교권을 빼앗은 일본은 처음에는 간도를 우리 땅으로 인정하여 자기들이 관리한다고 하며 간도 파출소를 두더니, 1909년(융희 3년)에 간도협약을 맺고 만주(중국 동북 지방)에 안봉선(남만주철도)을 건설하는 권리를 얻어 내는 대가로 간도를 청나라에 넘겨주고 만 것이다.

작금의 세대가 못다 이룬 꿈을 후세들에게 미루는 일이었지만 대한민국 국민이라면 반드시 알아 둬야 할 일이었다.

담용은 문득 박지원의 열하일기에서 읽었던 문구가 떠올랐다.

박지원은 '열하일기'의 성경잡지盛京雜識에서 이렇게 기록하고 있었다.

> 심양은 원래 우리나라 땅이다. 요동 벌판이 잠잠해지면 천하의 풍진風塵이 가라앉고, 요동 벌판이 시끄러워지면 천하의 군마가 움직인다.

뤄시양의 말이 아니더라도 열하일기에 기록된 대로라면 예로부터 그만큼 민감한 지역이 바로 이곳 요동성, 즉 랴오닝 성이었다.

지도를 뚫어지듯이 쳐다보고 있는 담용은 퍼뜩 이런 생각이 들었다.

'내게 각성이 더해지면 영토 문제도 해결할 수 있을까?'

일개인이 가지기에는 너무도 거대한 포부였다.

담용도 그걸 모르지 않았다.

비록 엉뚱한 발상이긴 했지만 초능력자라는 게 세기에 하나 나올까 말까 한 인재라면, 영토를 되찾을 수 있는 유일한 기회는 바로 그가 살아 있는 생전이 될 것이라고 본 것이다.

'뭐, 못 할 것도 없잖아?'

더불어 남의 영토를 제 것인 양 맘대로 넘겨준 일본 역시 용서하기가 어렵다.

담용의 시선이 옆의 세계 전도로 옮겨졌다.

먼저 한반도를 찾았고 이어서 바다 한가운데 깨알보다 작게 표시된 점, 독도에서 멈췄다.

'홋, 기왕에 벌이는 춤사위라면 일본과 독도 문제를 명쾌히 해결하고……'

사실 해결하고 자시고 할 것도 없는 문제였지만, 일본이 하도 짓까불고 있으니 입도 벙긋하지 못하게 해 놓을 필요가 있었다.

그래야만 하는 이유를 말해 줄 조언자들을 찾아 도움을 얻는다면 방법은 많을 것이다.

조금 더 내려와서 이번에는 대마도에 시선을 고정시켰다.

"대마도도 확 찾아와 버려?"

비록 상상으로 떠올리는 것에 불과했지만 일이 점점 더 확대되는 기분이었다.

힘의 논리대로 벌어진 일이라면 초능력자의 자격으로 똑같이 답습하고 싶은 마음이 굴뚝같았다.

받은 대로 돌려주는 것이라면 이치에도 맞지 않은가?

누군가 '용기냐 만용이냐, 의지냐 객기냐?'라고 묻는다면 용기이며 의지라고 말해 주고 싶었다.

다만 우려되는 점은 대한민국의 위정자들 중 그럴 마음이 있는 자가 얼마나 되느냐는 것.

아니, 과연 존재하기는 하겠냐는 점이다.

좁디좁은 땅덩이에서 서로 못 잡아먹어서 안달이 난 것도 모자라서 당리당략에, 정경 유착에, 제 사람 감싸기에, 눈앞의 이익에 눈이 먼 작자들이 대부분인 대한민국의 정치인들.

비록 정치인이라 불리지만 정치가가 아닌 정치꾼들일 뿐이다.

사정이 이러니 이들의 정신 상태로는 턱도 없는 일이다.

기억의 저편에서 누군가 말했던 명언이 떠올랐다.

―정치꾼은 항상 다음 선거를 생각하지만 올바른 정치가는 다음 세대를 생각한다.

담용이 과문寡聞한 탓도 있겠지만 우리 주변에는 정치가보다 정치꾼으로 불릴 만한 정치인들이 훨씬 더 많다는 건 사실이다.

'쿠쿡, 후루시초프가 말했던가? 심지어 강이 없는 곳에도 다리를 놓아주겠다고 약속하는 작자들이 정치인이라고.'

담용은 내친김에 기억의 저편에서 정치인에 관해 두루 읽고 들었던 말을 더듬어 보았다.

정치인들이 대부분 정치꾼으로 불리는 이유 중 그 첫째는 '거짓말을 잘한다'는 것.

검찰에 소환되어 포토 라인에 선 정치마다 '하늘을 우러러 한 점 부끄럼이 없다.'라고 기세 좋게 말해 놓고 불과 48시간도 채 되지 않아서 구속되는 경우가 허다하다는 것이 그 증거였다.

둘째는 책임 전가의 선수들이라는 것.

뇌물이나 공천 헌금으로 몇십억을 받아먹거나 또는 거액의 불법 선거 자금을 뿌리고도 본인 모르게 '아내 혹은 처남이 한 일이라며 딱 잡아뗀다'는 것.

셋째는 자신이 내뱉은 말을 뒤집고도 아무렇지 않게 지낼 수 있는 강심장과 두꺼운 얼굴을 가지고 있다는 것.

이를 두고 프랑스의 '드골'은 이렇게 말했다.

워낙 거짓말을 잘하는 정치인이기에 자기 자신이 한 말도 믿지 않기 때문에 다른 사람들이 자기 말을 믿어 주면 깜짝깜짝 놀란다고.

이외에도 무수히 많지만 그중에 '바레스'는 '정치인은 자기 행동과 정반대되는 말을 해 놓고 균형을 유지하느라 바쁜 줄타기의 곡예사다.'라고 했다.

오죽했으면 미국의 독설가이자 저술가인 '비어스'가 상대를 화나게 하려면 사람들에게 '그의 아버지가 정치인이었다고 말하라.'라고 말했을까.

"쩝, 새삼 생각해 보니 깡그리 우주 밖으로 날려 보내 버릴 작자들밖에 안 되는 위인들이로세."

내심으로 한 생각이 무심코 입 밖으로 새어 나온 것도 느끼지 못한 담용이 또다시 중얼거렸다.

"휘유! 언제쯤이나 선이 굵으면서, 청렴하고 또 원대한 꿈을 지닌 정치인이 나올 수 있을까?"

기억의 저편에서처럼 적어도 향후 10여 년 동안은 그런 인물이 나오지 않을 것임을 아는 담용은 깊이를 모르는 늪으로 빠져드는 기분이었다.

'젠장. 그렇다고 거대한 역사의 물줄기를 비틀 수도 없고, 또 그럴 능력도 없으니…… 갑갑하군.'

참으로 불쌍한 대한민국이자, 국민이 아닐 수 없다.

"정보원들을 풀었소."

"아!"

뤄시양의 말에 담용이 상념에서 퍼뜩 깼다.

"정보원들을 있는 대로 모두 동원했으니, 놈을 찾는 데 그리 오래 걸리지 않을 거요."

"며칠이나 걸릴 것 같습니까?"

"아마 늦어도 내일 오전까지는 촉수에 걸릴 거요."

그 말에 담용이 시간을 확인하니 새벽 5시가 조금 넘었다.

아직 날이 밝으려면 1시간은 더 있어야 하는 시간이니 꼬박 하루가 걸릴 것이라는 소리다.

"내 임의대로 일당을 5백 위안으로 대폭 올려 사람들을 풀었소. 괜찮지요?"

"제가 뭘 압니까? 좋으실 대로 하십시오."

"모르긴 해도 5백 위안이면 눈에 불을 켜고 놈을 찾으러 다닐 거요."

5백 위안이면 현재 한국 돈으로 따지면 7만 5천 원 정도다.

그러니까 일당이 7만 5천 원이란 얘기다.

아직 위안화와 중국인들의 생활비 같은 개념이 정립되지 않은 담용이라 물었다.

"적당한 겁니까?"

"하핫, 1위안으로 한 끼를 충분히 때울 수 있으니 5백 위안이라면 엄청난 거라오. 당연히 혹할 수밖에요."

그리 웃음이 많지 않은 데다 무뚝뚝한 편인 뤼시양이었지만, 지금은 안색이 밝아지고 말투도 가벼웠다.

아마도 수중에 충분한 자금이 생겼기에 그런 것 같았다.

하기야 누구든 지갑에 돈이 빵빵하다면 어깨에 힘이 들어가고 매사에 자신감이 생기는 건 당연한 일이었다.

"다른 요원들에게도 자금을 나눠 줘야 하지 않겠습니까?"

"그래서 말인데……."

말하기를 주저하는 걸 보니 돈 처리에 관한 문제인 것 같아 담용이 선수를 쳤다.

"아! 그 돈은 제 것이 아니라 여기 선양 지부의 활동 자금이니 뤄시양 님이 관리하십시오."

"......!"

"왜 놀라십니까?"

"아, 아니…… 그게…….."

뜻밖의 말이었는지 황당하다는 표정을 자아내며 말을 더듬던 뤄시양이 재빨리 말을 이었다.

"금괴를 제외하고도 족히 수억 원은 될 것 같은데, 그걸 다 내놓겠단 말이오?"

"하하핫, 원래부터 제 것이 아니잖습니까? 그러니 금괴든 돈이든 전부 다 가지십시오. 어차피 자금 수령이 막힌 지금 자금이야 많으면 많을수록 좋지 않겠습니까?"

"그야……."

저도 모르게 입이 쩍 벌어지는 뤄시양이었지만 워낙 놀라서인지 그 자신은 그조차 몰랐다.

"저는 만 달러 정도만 주십시오. 더 필요한 일이 생기면 그때 또 말씀드리지요."

"저, 정말 그래도 되겠소?"

말을 듣고도 믿기지 않는지 눈을 끔뻑거리던 뤄시양의 동공이 있는 대로 커졌다.

"그럼요. 그나저나 아까 그 조선족의 의술 실력은 괜찮은 편입니까?"

부상이 심각한 이민혁을 아무런 의료 시설이 없는 빈민가로 데려올 수 없어 뤄시앙이 소개한 사람에게 맡긴 것이 불안해서 묻는 것이다.

"하핫, 안심해도 되오. 보기에는 허술해도 종합병원에서 근무했을 정도로 실력만큼은 똑 부러지는 친구니까요."

"그런 사람이 왜……?"

담용은 '야매'라는 말을 하려다가 말을 끌었다.

"수술 환자에게 사고가 있었소. 그 책임을 지고 물러난 거라오."

"아!"

"알다시피 블랙요원들이 다칠 경우 치료할 곳이 마땅치 않소. 그래서 공을 많이 들여 끌어들인 친구라오."

"그렇군요."

꼬륵. 꼬르륵.

담용의 배에서 시냇물 흐르는 소리가 났다.

소리가 조금 컸던 탓에 머쓱한 표정을 자아냈다.

"하하핫, 때마침 배에서 신호를 보내오는군요. 출출한데 라면이라도 좀 끓여 먹었으면 좋겠는데요."

"아!"

담용이 시장할 것이란 점을 깜빡했다는 듯 평소의 행동

과는 다르게 탄성을 내뱉은 뤄시양이 허둥지둥 주방으로 향했다.

그러다가 곧 멈칫하더니 돌아섰다.

우웅. 우우웅.

다름 아닌 침상 위에 둔 휴대폰에서 진동이 울린 탓이었다.

"아, 잠시만…… 전화 좀 받고요."

서둘러 휴대폰의 든 뤄시양의 입에서 중국어가 튀어나왔다.

"웨이(여보세요)?"

― …….

"아, 뚠먼. 하오지우 부 지엔, 닌하오마(오랜만입니다. 잘 지내시죠)?

뤄시양이 통화를 하면서 담용을 가까이 오게 하더니 스피커폰으로 전환시키며 소곤거렸다.

"뚠먼입니다. 같이 들어 보시죠."

끄덕끄덕.

담용이 다가갔다.

뤄시양이 같이 들어 보자고 한 이유가 있었다.

지난번 담용과 뤄시양이 처음 만났을 때 중국은 처음이냐고 물었었다.

그때, 빠오주점의 일은 쏙 빼놓고, 하얼빈 임무 당시 홍문

종에게 도움을 받았었다고 얘기한 적이 있어서였다.

　―예, 저는 잘 지냈습니다. 사업은 잘되시는지요?

　"아이쿠! 여긴 지금 난립니다. 소식 못 들으셨습니까?"

　―아, 공안국이 폭발했다는 소식은 뉴스로 들었습니다. 뭐, 그렇게 대단치는 않다더군요.

　"헐!"

　―어? 아닙니까?

　"하핫, 그렇게 들으셨다면 그게 맞겠지요."

　다분히 감청을 의식한 뤄시양의 말이었다.

　"그런데 어쩐 일로 전화를 다 주시고……?"

　―아! 인솔(깔창)을 좀 주문하고 싶어서요.

　"인솔요? 어떤……?"

　―키 높이 인솔로요.

　"아, 아. 그거라면 지금 재고가 좀 있는데요."

　―그런데 크록스 재질이어야 합니다.

　"에? 크, 크록스요?"

　―예. 가능하겠습니까?

　"그런 고급 재질은 재고가 없는데요?"

　―이거 큰일 났구만. 거긴 있을 줄 알았는데…….

　"그거야 만들면 되지요. 주문받은 수량이 얼마나 됩니까?"

　―수량은 많고 시간은 없으니 그러죠.

"납품 기일이 빠듯하단 말입니까?"

ㅡ이거 전화로는 자세한 얘기가 어렵겠습니다. 뭐, 어차피 샘플도 보셔야 할 테니 소포로 보내는 것보다 제가 직접 가는 게 빠르겠습니다. 납품 계약도 해야 할 테고요.

"그러십시오. 그런데 바쁜 주문이라면 제가 자재를 미리 준비해 놓는 게 좋지 않겠습니까?

ㅡ아, 그에 관한 건 팩스로 보내지요.

"알겠습니다."

ㅡ저기…… 제가 풍문에 듣기로는 요즘 직원들을 많이 줄였다던데요. 납품 기일에 맞출 수 있을지 조금 걱정스럽군요.

"하하핫, 요 근래에 그 분야의 최고 전문가를 구했으니 그 문제는 걱정하지 않으셔도 됩니다."

ㅡ그러시다면야…… 지금 출발하면 늦어도 점심나절이면 도착할 겁니다.

"기다리고 있겠습니다."

탁.

폴더를 접은 뤄시양이 웃옷을 챙기더니 밖으로 나가며 말했다.

"홍이 직접 오겠다는 것으로 보아 본국에서 급한 훈령이 내려온 모양이오. 일단 배부터 채우고 얘기하죠. 아, 혹시 먹고 싶은 거라도 있소?"

"시장이 반찬이니 저는 상관없습니다."

"그럼 제가 알아서 사 오겠소."

"그런데 이렇게 이른 시간에 사 올 만한 곳이 있겠습니까?"

"하핫, 중국은 아침을 전부 밖에서 먹거나 사 와서 먹는 게 오랜 관습이라, 거리로 나가면 먹거리 시장인 쟈오시에서 아침을 먹는 사람들로 북적북적한다오."

"아! 그래요?"

"금방 다녀올 테니 잠깐이라도 눈 좀 붙이고 있으시오."

"아, 예."

참 종류가 가지가지로 많이도 사 왔다.

그중에서 친근한, 김이 모락모락 나는 순두부부터 맛을 보았다.

후룩. 후루룩.

"으아! 이 순두부, 간도 잘 맞고 뜨끈한 게 좋은데요?"

"하핫, 중국인들이 아침 식사 메뉴로 가장 즐기는 더우푸 나오라는 거요. 여기 차지단과 같이 먹으면 아침 한 끼 식사로는 그만이라오."

"달걀이군요."

스크래치를 내어 양념이 배도록 해서인지 달걀이 갈색을 띠고 있었다.

어떻게 보면 그냥 삶은 달걀이다.

"먹어 보시오. 찻잎과 간장 섞은 국물에 삶아 계피로 맛을 낸 건데, 먹을 만할 거요."

"흠, 괜찮은데요?"

썩 괜찮은 맛은 아니었지만 거부감 없이 그럭저럭 먹을 만했다.

"이건 뭐죠? 샌드위치 같아 보이네요."

밀가루 반죽을 부풀려 각종 야채로 둘둘 말아 놓은 음식이었다.

"아, 그건 지엔빙이라는 겁니다. 요리하는 사람에 따라 여러 가지 재료를 넣는데, 집집마다 맛이 다르다는 게 특징이라오."

담용은 뤄시양이 권하는 대로 먹는 데 열중하다 보니 얼마 지나지 않아서 금세 배가 찼다.

"하하핫, 벌써 배가 부른데요?"

"그럼 입가심으로 떠우지앙을 마셔 보시오."

"뭐죠?"

"콩국이라오. 고소할 거요. 싱거우면 소금을 타서 먹으면 되오."

"오호, 콩국."

담용은 그 즉시 소금을 조금 탔다.

소량의 소금을 타서 먹으면 고소함을 더해 주기 때문이었다.

익히 먹던 거라 전혀 거부감이 없었고, 말 그대로 고소했다.

어느 정도 시장기를 면했다고 여겼는지 뤼시양이 하고 싶은 말을 했다.

"아까 통화하는 것을 들었을 거요. 들었다시피 홍 요원과 나는 서로가 거래를 하는 관계로 설정되어 있소. 뭐, 가뭄에 콩 나듯 드문드문한 일이지만, 이번에는 전과 좀 다른 것 같은 느낌이 들었소."

"여기로 온다고 들었습니다만……."

"사실 직접 오는 일이 좀처럼 없는데…… 아마도 급한 훈령을 받은 것 같소."

"짐작이 가는 데가 있습니까?"

절레절레.

"원래 타 지역 요원으로 하여금 임무를 전달케 하는 것은 해당 지역의 요원과 소식이 끊어졌을 때만 가동이 되오."

선양과 국정원의 연락이 되지 않고 있다는 뜻.

즉 안전을 심각하게 위협받을 수 있을 경우에 취하는 조치로, 담용도 교육을 받아 숙지하고 있는 사항이었다.

"내가 일부러 끊었소."

홍문종이 이곳으로 오게 된 이유였다.

"아!"

"기실 여러 가지로 답답해하던 처지였소. 자금 문제도 있
는 데다 송 지부장님의 실종도 오리무중이어서 지휘 체계가
완전히 무너진 상태라……. 그런데 얼마 전에 이곳 CIA 요
원으로부터 쪽지 하나를 전달받았는데, 내용을 보니 시급한
일이긴 한데 옴짝달싹도 못 하고 있는 판국이라 어떻게 처리
해야 할지 암담하던 차였소."

"……?"

족제비를 처리하는 일 외에도 더 할 일이 있다는 얘기다.

그것도 시급하고도 중요한 일.

담용은 그렇게 이해했다.

"그러던 중 그쪽이 왔소. 미안한 얘기지만 능력을 의심했
었소."

"저에 대한 얘기를 들었을 텐데요."

"물론이오. 하지만 자칫하다간 목숨을 보장하기 어려운
시국이라 선뜻 마음이 내키지 않았소. 더구나 족제비란 놈에
대해 아무 정보도 없는 처지이다 보니 더 그랬소."

이제는 믿을 만하다는 뜻으로 들렸다.

모두 삼지연교역에서 북한 공작원들을 처치하고 활동 자
금을 털어 온 능력 때문일 것이다.

다시 말해 이제는 믿어도 되겠다는 소리다.

"속 시원히 털어놔 보시죠."

"이걸 좀 보시오."

뤄시양이 꾸깃꾸깃해진 쪽지를 내밀었다.

"……?"

　　중국 역사학계의 동북 3성 및 북한에 관한 역사 왜곡 프로젝트.

　　길림대학 사학과 교수 허교익 박사와 그 가족을 탈출시킬 것.

　　접선 : 미국 메이암 주식회사, 브론 케멀 장춘 지사장.

'헉! 이, 이건…….'

담용은 동북 3성과 역사 왜곡이란 용어를 보고 이것이 무엇을 뜻하는지 금세 알아볼 수 있었다.

'도, 동북공정!'

틀림없는 중국의 동북공정 프로젝트였다.

'이런! 까마득히 잊고 있었다니!'

기억의 저편에서도 심각하게 대두된 중국의 치밀한 역사 왜곡의 음모가 2000년도에 이미 머리를 내밀고 있었다니 기가 찰 일이다.

담용의 기억으로는 동북공정이란 말을 2002년에 가서야 비로소 알게 된 것으로 남아 있었다.

'빌어먹을…….'

대한민국의 정보 라인이 우둔한 건지 아니면 중국의 음모가 치밀한 건지.

어느 쪽이든 당하는 쪽이 바보가 될 수밖에 없다.

기억의 전도체를 건드려 더듬어 보니 가장 먼저 떠오르는 건 동북공정이 '동북변강역사여현상계열연구공정'의 줄임말이란 것.

그리고 현재 중국 영토 내에서 일어난 제반 역사적 사건이 중화민국, 즉 중국의 역사라는, '통일적다민족국가론'에 근거한 역사 왜곡 프로젝트라는 점이었다.

'지랄…….'

절로 욕설이 나오는 것은 그만큼 한심해서였다.

이런 용어조차 모르고 있을 조국을 생각하면 절로 참담해지는 마음을 금할 수가 없었다.

더구나 이 음모에 간도 반환 문제가 개입되어 있음을 아는 담용이었기에 중국의 발 빠른 대처에 혀를 내두를 수밖에 없었다.

원인은 남북 간의 화해 무드에 있었다.

6.15남북정상회담.

한반도 내에 남한과 북한의 분위기가 예전과 같은 냉전 기류보다 화해와 협력의 기운이 높아지면서 중국 정부는 향후 한반도 내의 통일 한국이 탄생할 경우, 가장 먼저 대두되는 것이 간도 지방의 영토 문제임을 알고 대처한 것이다.

즉 향후 통일 한국이 간도 문제를 들고나와서 영유권을 주장할 경우에 대비해 미리 포석을 깔아 놓으려는 의도인 것이다.

촉각을 곤두세우지 않을 수 없는 상황이라지만 비열하기 짝이 없는 짓이다.

'남이 잘되는 것에 배가 아픈 것도 어느 정도여야지…….'

뭐, 모르지 않는다. 통일 한국을 반길 나라는 없다는 것쯤은.

아무튼 동북공정의 가장 큰 문제점은 우리 민족의 활동 범위와 역사를 크게 왜곡 및 훼손하고자 하는 의도에서 출발했다는 것이다.

기억의 저편에서 밝혀진 내용의 의하면 '동북공정 프로젝트'의 가장 큰 이슈는 우리 한민족의 활동 범위가 지역적으로 한반도 이남으로 크게 축소됐다는 것이다.

이로 인해 반만년에 이르는 역사적 시간이 불과 2,000년 남짓으로 줄어들게 된다.

특히나 더 무서운 건 중국의 동북공정 프로젝트를 민간 주도가 아닌 중국 정부 산하기관인 사회과학연구원에서 앞장서서 추진하고 있다는 것이다.

다시 말해 중국 정부가 노골적으로 우리의 역사를 훼손시키고 나아가서는 우리 민족의 근간을 뿌리째 뽑아 버린다는 프로젝트가 바로 동북공정의 핵심이라는 점이었다.

'골치 아프게 됐군.'

어지럼증이 이는지 담용이 이마를 짚었다.

"왜…… 두통이오?"

"아, 아닙니다."

아직은 아무것도 모르는 뤼시양은 쪽지의 내용이 얼마나 심각한 일인지 알 수 없을 것이다.

"홍 사장이 어떤 내용을 가지고 오는지 짐작이 안 갑니까?"

절레절레.

"얘기를 듣기 전에야 알 턱이 없잖소? 다만 그냥 심심해서 놀러 오는 건 아닐 거요."

하나 마나 한 얘기.

"CIA가 직접 탈출시키는 게 쉬울 텐데 왜 우리에게 맡겼을까요?"

"아! 그건 아마 빠오주점 사건 때문일 거요."

"빠오주점 사건요?"

담용은 본인이 범인(?)이면서 모른 척하고 물었다.

"제법 큰 식당인데 종업원들이 떼죽음을 당한 일이 있었소. 그런데 중국 측에서 그 범인이 미국인이라 의심을 하고 있소. 노랑 머리의 킬러가 현장에 죽어 있었는데도 미국은 딱 잡아떼고 있는 실정이오."

감시가 심할 수밖에 없다는 뜻.

"그러니까 CIA도 섣불리 움직이기 어려워서 우리에게 맡겼다는 거군요."

"그런 셈이오."

'떠그랄······.'

족제비 사냥도 끝나지 않은 판국에 일이 자꾸 생기고 있었다.

허 박사와 그 가족들을 탈출시키는 일.

중국의 동북공정 프로젝트를 분쇄해야 하는 일.

거기에 홍문종이 본국이 훈령을 전달하러 오고 있으니, 그것 또한 임무일 것이고 보면 한동안 귀국하기는 그른 것 같았다.

'아쒸, 뭔 일이 이렇게 많은 거야?'

고사리손이라도 빌려야 할 만큼 바빠질 것 같아 까맣게 잊고 있던 김창식 요원을 불러야 할 듯했다.

다음 권으로 이어집니다

바인더북